Y. 4590. (Réservé)

Y. 3181
L.

Ye   1733-17[illegible]4

RECVEIL DE POESIE, PRÉSENTÉ À
TRESILLVSTRE PRINCESSE MA
DAME MARGVERITE SEVR VNI-
QVE DV ROY, ET MIS EN LVMIE-
RE PAR LE COMMANDEMENT DE
MADICTE DAME.

PAR I. D. BELLAY A.

À PARIS.
*chez Guillaume Cauellat, à lenseigne de la Poulle
grasse, deuant le college de Cambray.*
M. D. XLIX.

AVEC PRIVILEGE.

A TRESILLVSTRE PRINCESSE
MADAME MARGVERITE
SEVR VNIQVE DV ROY.

M ADAME, apres auoir depuis peu de tẽps
mis en lumiere quelques petiz ouuraiges
poëtiques, plus pour satiſfaire a l'inſtante
priere d'aucũs miens amis, que pour eſpoir que i'euſ-
ſe d'acquerir aucune reputation entre les doctes,
i'auoy deliberé me retirer entierement de ce labeur
auſſi peu maintenant fauorizé, comme il eſtoit anciennemẽt entre les meilleurs eſpriz ſingulieremẽt
recommandé. Ie ne ſcay ſi l'infelicité de noſtre ſiecle
en eſt cauſe, ayant l'ambition, l'auarice, et l'ocieuſe
uolupté, peſtes de bõs eſpris, chaſſé d'entre nous ce tãt
honneſte deſir de l'immortalité : ou la trop grande
& indocte multitude des eſcriuains, qui de iour en
iour s'eleue en France, au grand deshonneur & aba-
tardiſſement de noſtre langue. I'auoy (dy ie) propo-
ſé m'addonner à quelque autre eſtude, ſi non tãt
louable, pour le moins plus fauorable, que ceſtui cy,
lors que dernierement eſtant le Roy à Paris, apres a-
uoir pris la hardieſſe de me preſenter deuant uoſtre
excellence, il uous pleut de uoſtre benigne grace me
receuoir auecquestel uiſaige, que ie cõgneu mespetiz

A ij

4

labeurs uous auoir esté agreables. Cela Madame, a
depuis si uiuement incité mon couraige, que mettant
en arriere ma premiere deliberation, ie me suis remis
aux choses, que i'ay pensé uous pouuoir donner
quelque plaisir. Sans que maladie, ou autre empes-
chemēt ait peu retirer mon esprit de ceste nõ iamais
assez louée entreprise iadis tāt fauorizée de ce grãd
Roy François uostre pere, & maintenant du tres-
chrestien Roy, & de uous, comme seuls, & urais
heritiers de sa uertu. Vous ayant dõques ces derniers
iours fait present de ce petit liure, non seulement
uous l'auez eu aggreable, (comme est uostre bonté
coustumiere de receuoir toutes choses, qui d'humble
uouloir sont presentées â uostre grãdeur) mais encor
uous a pleu me commander de le mettre en lumiere,
& soubs uostre nom. Auecques lequel ie me sen si
fort & bien armé contre toutes les difficultez, qui
de iour en iour se treuuent ez haultes entreprises,
que ie pouray combattre l'enuie, & la mort, & celuy temps mesmes, qui abat les grãds Palaiz, & superbes Pyramides. Ie ne me ueulx amuser ici à respõ-
dre aux calumniateurs (comme est la façon ordinai-
re des ecriuains) puis que mes escriz ont desia esté si
heureux de rencontrer la faueur de uostre iugemēt,
& par uostre moyen celuy du Roy, & de la Royne,
auxquels ayant satisfaict, tant s'en fault que ie me
soucie

soucie du mescontètement d'autruy, que i'estimeray
de là auoir receu toute la gloire, & le fruiĉt de mes
labeurs. Ma dame, ie supplie à nostre seigneur, uous
conseruer en heureuse, & longue uie, & augmen-
ter de plus en plus en uous les souuerdines graces,
& uertuz, qu'ils uous a si liberalement departies.
A Paris ce XXIII. d'Octobre. M. D. XLIX.

De uostre excellance, le treshumble, & tres-
obeissant seruiteur I. D. B. A.

A ij

A SA LYRE.

V a donques maintenant ma Lyre,
M a Princeſſe te ueult ouir.
I l fault ſa table docte elire,
L à, quelque amy uoudra bien lire
T es chanſons, pour la reſiouir.
T a uoix encores baſſe, & tendre,
A pren à hauſſer desici:
E t fay tes chordes ſi bien tendre,
Q ue mon grand Roy te puiſſe entendre,
E t ſa royale epouze auſſi.
I l ne fault que l'enuieux die
Q ue trop hault tu as entrepris,
C e, qui te fait ainſi hardie,
C' eſt que les choſes qu'on dedie
A u temple, ſont de plus grand pris.

Cælo Muſa beat.

PROSPHONEMATIQVE AV ROY TRESCHRESTIEN HENRY II.

VO V s,qui tenez les sources de Pegaze,
(Celestes seurs)bandez uostre arc diuin
T out au plus hault de uostre sainct Parnaze,
E t permettez que ce bras angeuin,
P ar l'air françois desserre un traict,qui uole
M ieulx que iamais de l'un a l'autre Pole.
C e traict puissant dessus ses ailes porte
L' horrible nom,qui fait mouuoir les cieux,
L e fer,la flamme:& la non iamais morte
G loire des Roys,enfans aisnez des Dieux:
D ont le protraict H E N R Y,celeste race,
A peint au uif en sa diuine grace.
L a maiesté de son front tant illustre
E ntre les Roys apparoist tout ainsi,
Q ue l'or aupres de l'argent:& son lustre
A rd tout l'obscur de ce beau siecle ici,
C omme la Lune aux etoiles eclaire
P ar le serain de quelque nuict bien claire.
E n quelque part que son bel œil se montre,
C omme un Printemps il serene le iour:
E t semble bien qu'a si haulte rencontre,
R enaisse au monde un plus ioyeux seiour.

A. iiij

8

L e Ciel en rid, & le Soleil encore
    D e nouueaux raiz ses blons cheueux decore.
V ien Prince, uien: rends au tiens la lumiere
    Q u'obscurcissoit ce tien long demeurer:
    E t la uigueur de leur uertu premiere,
    Q ui ne se peult, qu'en ta force, asseurer.
    T on seul regard inspire en leurs couraiges
    L' ardent desir des martiaux ouuraiges.
C omme la mere au riuaige lamente,
    P rie, & fait uœux pour son desiré filz,
    Q u'un uent contraire en haulte mer tormente
    O utre le terme à son retour prefix:
    P aris ainsi languissoit auant l'heure,
    Q ui a mis fin à ta longue demeure.
L a grand Ceres, qui ces murs enuironne,
    A ton passer, de beaux epiz dorez,
    E nceinct le tour de sa riche couronne
    E t par les champs de iaune colorez
    F ait ondoyer sa cheueleure blonde,
    P our honnorer le mesme honneur du Monde.
B acchus aussi orne teste & uisaige
    D e nouueau pampre, & d'odorantes fleurs:
    P rez, môtz, & plains à ton heureux passaige
    V estent habits de diuerses couleurs:
    E t la forest branlant sa teste armée,
    D onne le fraiz de sa neufue ramee.

Les

L es Demidieux, & Nymphes ſe retirent
   A ux plus haulx lieux, pour a l'aiſe te uoir:
   L es plus doulx uents tant ſeulement ſouſpirent:
   L es ruyſſelets ne font moins leur deuoir:
   E t les oizeaux à l'enuy te ſaluent
   S ur les ſommets qui un peu ſe remuent.
T out animal domeſtic, ou champeſtre
   F iche ſur toy ſon regard etonné:
   L es baz tropeaux en ont laiſſé le paiſtre:
   E t les taureaux en ont abandonné
   L eurs fiers combaz: les plus cruelles beſtes
   D euers le Ciel ont eleué leurs teſtes.
Q ui a peu ueoir les mouſches menageres
   S ur le Printemps de leurs manoirs ſaillir,
   F aire un grand bruit, & ſen uoler legeres,
   P uis ça, & là l'honneur des champs cueillir:
   C eluy a ueu les miliers, qui ſe rendent
   D eſſus les murs, & portes, qui t'attendent.
P aris, qui uoid ſon Prince à la campaigne,
   A mis au uent tout importun ſouci:
   T oute maiſon en tout plaiſir ſe baigne:
   V euf de procez eſt le Palaiz auſſi.
   E t par les feuz, qui aux temples s'allument,
   P our toy, HENRY, mil' autels aux Dieux fumẽt.
E nfans bien nez, les plus heureuſes bandes,
   V oſtre beau chant ſoit l'IO triumphal:

V ous sainǒts uieillars, chargez les Dieux d'of-
V ierges auſsi au uiſaige nymphal,   (frǎdes:
F aites couler une pluye de roſes,
D es propres mains de l'Aurore decloſes.
E coute Roy, le plus grand de la Terre,
  L' horrible uoix du foudroyant canon,
  Q ui par le Ciel fait un nouueau tonnerre,
  M oindre pourtant, que le bruit de ton nom.
  S eine en fremiſt. les riuieres craintiues
  H eurtent en uain leurs oppoſees riues.
I upiter meſme, oyant l'air ainſi fendre,
  C hange couleur pour un tel foudroyer:
  E t craint encor' que la Terre n'engendre
  N ouueaux enfans, pour le Ciel guerroyer.
  L a nuiǒt qui ſort de l'epeſſe fumiere,
  A uant le ſoir fai. ſ..llir la lumiere.
S eine dormoit au plus creux de ſes ondes,
  M ais te ſentant de ſa riue approcher,
  A mis dehors ſes belles treſſes blondes,
  E t s'eſt aſsize du coupeau d'un rocher.
  S es filles lors, qui a my corps y nouent,
  D iuerſement a l'entour d'elle iouent.
M arne peignoit ſes beaux cheueux liquides,
  Q ui luy armoint & l'un, & l'autre flanc.
  O yze au ſoleil ſeichoit les ſiens humides,
  L es ſeparant ſur ſon col net, & blanc:

Et de

E t de ces iongz, Yonne, que tu portes,
T u en tiſſois chapeaux de mile ſortes.
L ors ſe tirant ſur le rocher ſauuaige,
L' une apres l'autre ont fait plus d'une fois
H ault rechanter tout le courbé riuaige,
S oubz l'argentin de leurs celeſtes uoix.
Q uelqu'une ainſi conſacre à la Memoire
(S'il m'en ſouuient) de ſa mere la gloire.
T age, & Pactol' a l'arene doree,
N ont merité l'honneur, qui t'appartient,
O fleuue heureux! de qui l'onde azuree
D eſſus ſon dos plus grans theſors ſoutient.
T on cours tortu, qui lentement diſtile,
D' un gras limon rend la terre fertile.
E n mile tours par la Prouince heureuſe
T es cleres eaux s'en uont ebanoyant:
T es braz y font mainte iſle plantureuſe
D e tous cotez: & ainſi tournoyant,
E ntre hauls murs ton onde etroitte & forte,
L e riche honneur de l'Abondance porte.
L es grans cyprez pouſſent bien hault ſur l'herbe
L eurs fiers ſommetz à croiſtre exercitez :
L e grand Paris d'un tel fleuue ſuperbe
L eue ſon chef ſur les autres citez,
N on autrement, qu'on uoid parmy les nues
L es haulx ſourcils des grands Alpes chenues.

Quelqu'n loura (dit la Nymphe feconde)
   Lyon, Rouan, Bordeaux, Orleans, Tours:
   Et ie diray la richeſſe feconde
   Du grand Paris, & ſes ſuperbes tours:
   Ses Temples ſainctz, & ſon Palaiz, qui ſemble
   Non un Palaiz, mais deux citez enſemble.
Mere des ars, ta haulteur ie ſalue,
   Ie uous ſalue auſſi, uous tous les Dieux,
   Qui auez là uoſtre demeure elue
   Pour y ſemer les grans theſors des cieux:
   Pallas y eſt, & les Muſes ſacrees
   Sur Seine ont fait leurs riuaiges aſcrees.
Comment te peut aſſez chanter la France
   O grand FRANCOYS, des neuf seurs adoré?
   Tu as defaict ce uil monſtre Ignorance,
   Tu as refaict le bel aage doré:
   Par toy premier au monde eſt reuenue
   La belle vierge aux uieux siecle cogneue.
Les uertueux (diſt la troizieme) uiennent
   Des uertueux: les fiers taureaux ainſi
   La braueté de leur ſource retiennent:
   Des bons cheuaux les bons naiſſent auſſi.
   L'aigle haultain ne degenere, & tombe
   Au naturel de la ſimple columbe.
De ton FRANCOYS, qu'un autre n'euſt peu ſuyure,
   En ton HENRY a meſme uertu né,

France

F rance, tu uois l'exellence reuiure,
D ont les haulx Dieux rien meilleur n'ont dõné,
N y donneront, bien qu'ils facent renaitre
S ept, & sept fois le temps du premier estre.
V y Prince, uy : & de cent ans encores
P our enrichir le seiour eternel
D e nostre bien, ne uole ou reluit ores
A u plus beau lieu ton Astre paternel :
Q ui d'œil benin ton franc peuple regarde,
T e fauorize, & ta place te garde.
A insi chantoint les trois Nymphes senoizes
C omme à l'enuy, quand Seine en se leuant
E ntrerompit leurs tant doulcettes noizes :
E t d'une uoix, qui persoit bien auant,
F ist resonner aux oreilles royales
L'heureux decret des trois uierges fatales.
T u es uenu finablement ô Prince!
E t ie t'auoy' si long temps attendu.
T u es au seing de ma belle Prouince
E ntre mes braz heureusement rendu.
E coute donq' de quoy m'ont asseurée
L es non menteurs oracles de Nerée.
E st ce pas toy, à qui les Dieux promettent
T out le bon heur du monarque Romain?
L es Dieux, qui ia par leurs arests soumettent
T out l'uniuers à ta puissante main?

I' en uoy desia les depouilles captiues
  M ises par toy pour trophee a mes riues.
I e uoy tomber soubz les Fleches Françoises
  L e Leopard, ton antiq' ennemy,
  Q ui souloit bruire aux forests Ecossoizes.
  L e feu uangeur desia uole parmy
  L a nef captiue: au sang Anglois encore
  L' azur marin de pourpre se colore.
I e uoy desia la columne eleuee
  D e ta uictoire: & ta gloire qui luit,
  E st si auant dans les cieulx engrauee,
  Q u'on la peult lire en l'obscur de la nuit.
  L e beau Croissant, qui le ciel François orne,
  A meine en rond & l'une & l'autre corne.
V n lieu se treuue hors le cours de l'annee,
  L oing de la uoye au chariot luisant,
  L à ou Atlas tient l'epaule inclinee
  D essoubs l'esseul aux etoiles duisant.
  L a, tu feras ta renommee entendre,
  E t iusq' aux bords de la terre s'etendre.
B ien tost apres Discorde furieuse
  S oubs un frein serf prise tu meneras:
  L ors regnera la paix uictorieuse:
  L ors de Ianus le temple fermeras:
  E t de laurier ta teste couronnee,
  A donq' sera d'oliue enuironnee.

                       Ce nouueau

C e nouueau siecle, à l'antique semblable,
  V erra fleurir le sceptre de Valois.
  L a Foy chenue, alors non uiolable,
  T iendra le lieu des punissantes loix.
  V ice mourra: & les nopces pollues
  N e seront lors par amours dissolues.
A Dieu donq' Roy, mon destin me rapelle.
  A insi disant, le genoil auança:
  P uis tout à coup, auec sa troupe belle
  D' un sault leger en l'onde se lança:
  L' eau iette un son, & en tournoyant toute,
  F ait bouillonner mainte ecumeuse goutte.

F I N.

C A E L O M V S A B E A T.

I. D. B. A.

CHANT TRIVMPHAL SVR LE VOYAGE DE BOVLONGNE M. D. XLIX. AV MOYS D'AOVST.

V OICI le temps, si long temps desiré,
O u noz ayeulx en vain ont aspiré,
Q ui sur l'Angloys finablement rameine
L a iuste (helas) mais trop tardiue peine.

L es Dieux uangeurs par toy mis à mepris,
S uperbe Angloys, ueulent rendre le pris
A leurs autels, & temples, que tu souilles,
O rnez iadis de noz serues depouilles.

D u grand Henry le bras puissant & fort
A uec les Dieux desia fait son effort,
D e regaigner par ses fouldres belliques,
L e uieil butin des grand's pertes galliques.

S i Mars nous a regardé quelquefois
D'un œil felon, onques nul toutefois
S' est peu uanter de uoir par luy dontée
N ostre uertu non iamais surmontée.

Q ui a tousiours cœur, & force repris
D e son malheur, comme le chesne appris
A reuerdir sa perruque nouuelle,
A pres le fer sa teste renouuelle.

Non

N on autrement que des dents, que planta
L e fort Iason, la terre en enfanta
H ommes armez, France durant la guerre
N ouueaux enfans de son uentre desserre.
H ydre iadis en ce point combatoit
(D it l'ennemy) quand Hercule abbatoit
L' un de ses chefs, auec peine inutile,
Q ui la rendoit par ses playes fertile.
C raindras tu donq' ô bon peuple de Mars,
C raindras tu donq' les flesches & les arcs
D u rouge Angloys ton antiq' auersaire,
V iuant H E N R Y seul né pour le deffaire?
    M aint Roy François a tenté le danger
D es fiers combats, pour la France uanger:
M ais à H E N R Y, enfant de la victoire,
L e Ciel amy reseruoit ceste gloire.
S on nom fatal à l'Angloys familier,
E t le discours des astres regulier
L uy peuuent bien donner ferme assurance,
D e ioindre en bref l'Angleterre à la France.
A lors sera des Roys plus orgueilleux
P resqu' adoré son sceptre merueilleux:
E t sera dict en la Françoise terre
S econd du nom, neufieme en Angleterre.
    L a François, la, aidez uostre bon heur,
F auorisez d'un tel Prince l'honneur,

B

E t auancez par uoſtre diligence
D e uoz ayeulx la boyteuſe uengence.
V ne Boulongne,ou Calaiz ne ſont pas
P uiſſans aſſez pour uous clore le pas,
N on l'Ocean,qui de uous aura crainte
D e ſang Angloys uoyant ſon onde teinte.
    I a d'un coſté des noſtres le grand cœur
A triumphé du ſouldard belliqueur,
Q ui ſoubs le coup de la hache Françoiſe
E n gemiſſant,mord la terre Ecoſſoiſe.
D e l'autre donq' ne ſoyez endormis,
A fouldroyer uoz mortelz ennemis,
A fin que d'eulx la dépouille ſoit miſe,
T out à l'entour des bords de la Tamiſe.
    C'eſt choſe doulce,& belle,que mourir
P our ſon païs,& ſon Roy ſecourir.
D e quoy te ſert,ô perſonne craintiue!
F uïr la mort d'une courſe haſtiue?
E lle te ſuit,qui n'a point pardonné
A u doz craintif à la fuite adonné,
N y au iaret trop peu ferme,& debile
D e la ieuneſſe à la guerre inhabile.
    L a uertu ſeule,à qui a merité
A uoir le pris de l'immortalité
O uure le ciel,& d'une aile courante
L aiſſe la terre à la tourbe ignorante.

Hercule

H ercule ainſi par cet art glorieux
I adis s'aſſiſt à la table des dieux,
E t des Iumeaux le ſigne heureux aux uoiles
A inſi accreut le nombre des eſtoilles.
A inſi Auguſte, ainſi le grand François,
E t toy H E N R Y, quelque part ou tu ſois
I a deſtiné, ta belle eſtoille ardente
S era du ciel au plus hault euidente.

    C omme l'on uoid par la fureur des uents
E n l'Ocean les flots s'entreſuyuans,
T ous argentez d'ecumes blanchiſſantes
H eurter le front des riues gemiſſantes:
O u les epiz ia non plus uerdoyans,
D' un ordre egal iuſqu' à terre ondoyans
F aire une mer de la blonde Champaigne:
O u de la Beauce à la large campaigne.
A inſi feront noz ſouldars par les champs
C ontre l'Angloys à la guerre marchans,
C omme un torrent debordé, qui emmeine
T ects, & troupeaux contreual par la pleine.

    L a des premiers le hardy Vandomoys,
C uyſe, & ſon fort Aumale, mile fois
P ar les ſcadrons feront la preſſe moindre,
P our aux plus fors des ennemis ſe ioindre.
A uecques eulx on pourra uoir auſſi
N oſtre Neſtor, le grand Mommorancy,

B ÿ

V n fainct André le bien uoulu du Prince,
E t un Sedan monarque en fa prouince.
L e grand H E N R Y fur tous apparoiffant,
C omme un fapin aux montaignes croiffant
P affe le frefne, aimant la frefche riue,
O u l'oliuier à la perruque uiue,
S ouillé du fang des fouldars eftrangers
R endra les fiens aueugles aux dangers,
S ans que fon bras en uain defcendre face
L' horrible coup de fa pefante maffe.

    T u n'as fans plus, ô des tiens le rampart!
D es plus haulx dieux la faueur pour ta part.
D u noir Pluton le trifte domicile
M efmes te rend la uictoire facile.
I a long temps a, les filles d'Acheron,
Q ue maint ferpens arment à l'enuiron,
Q ui pour cheueux en mile neuds leur pendent,
E t noir uenin leur diftilent, & rendent,
D es cœurs Angloys infpirent au dedens
E t leurs poifons, & leurs flambeaux ardens,
Q ui font bruler par difcordes ciuiles
L es fors chafteaux, & les fuperbes uiles.
D u peuple ferf l'effort feditieux
S' eft oppofé au noble ambitieux.
M ars les anime, & Difcorde qui gronde,
E fpend par tout fa femence feconde.

                                        IO Paris,

    IO Paris, il te fault receuoir
T on Prince heureux, lequel te uient reuoir,
T e promettant d'armes bien etophées
L' esté prochain mile & mile trophées.
S us, que de ioye on face nouueaux feux,
Q u'on rende a Dieu graces en lieu de ueutz,
Q u'on s'esiouisse, & que chacun s'appreste,
P our dedier de ce retour la feste.
L a froide peur, France, a couru souuent
P army tes oz, donne la donq' au uent,
P uis que tu uois la magesté sacrée
D e ton Seigneur, ou ton œil se recrée.

    O quantesfois Royne, & royale seur,
V ous auez craint, qu'en quelque lieu mal seur,
O u trop auant aux assaulx, & alarmes
I l ne tentast la fortune des armes !
M aintenant donq', que ce mordant souci
V oz tristes cœurs ne ronge plus ainsi,
L aissez les ueuts aux mariniers timides,
E t d'un beau riz seichez ces yeulx humides.
A ux nouueaux raiz du matinal soleil
L es fleurs ainsi reprennent leur uermeil,
D ont les beautez se montroint effacées
P resqu' à demy par les pluyes passées.

    N'auous encor' uous celestes espriz
D e nostre court, quelque ouuraige entrepris

Digne du nom, dont la France uous prise,
Et de ce Roy, qui tant uous fauorise?
Les uers sucrez du luc melodieux,
Qui reiouist les hommes, & les dieux,
Auront le pris, si la Muse heroique
Ne fait sonner sa trompette bellique.
Ronsard premier osa bien attenter
De faire Horace en France rechanter,
Et le Thebain (ô gloire souhaitable!)
Qu'à grand labeur il a fait imitable.

  Ainsi me fault quelque uoye eprouuer,
Pour Apollon, & les Muses trouuer,
Qui me feront en la terre, ou nous sommes,
Voler uainqueur par les bouches des hommes.
I'ameneray le premier si ie puis,
A mon retour au pais, d'ou ie suis,
Les sainctes sœurs, qui me feront reuiure
Mieulx que la main, qui anime le cuyure.

  De marbre noir au milieu d'un beau pré
I'edifiray un temple dyapré
Tout au plus pres, ou Loyre plus profonde
En l'Ocean fait couler sa clere onde.
De marbre aussi les coulonnes seront,
Qui en blancheur la neige passeront,
Auec l'autel construict de mesme pierre
Encourtiné de laurier, & de l'hyerre.

D e ce beau lieu la superbe grandeur
I mitera du Croiſſant la rondeur,
O u ſeront peints de Diane honorée
L es arcs, les traiĉts , & la trouſſe dorée.
O n ne uerra par le fer demolir,
N y par l'orage, ou la flamme abolir
C et œuure faiĉt de matiere ſi dure,
Q ue la rigueur des ſiecles il endure.

  L à mon grand Roy ſera mis au milieu
S ur piliers d'or, qui tout au tour du lieu
T eſmoingneront ſa louange notoire:
E t ſera diĉt le temple de Viĉtoire.
L à ie peindray comme il aura donté
C alaiz, Boulongne, & l'Anglois ſurmonté,
P uis l'Hibernie, & tout ce qui attouche
L' humide liĉt, ou le ſoleil ſe couche.

  T u y ſeras, de Florence l'honneur,
R oyne en qui giſt le comble de bon heur,
Q ue la uertu digne epouze a fait eſtre
D u plus grand Roy, que ce ſiecle ait ueu naiſtre.
T oy Vierge auſſi, miracle de ton temps,
Q ui rends le ciel, & nature contens,
A lors qu'en toy l'un, & l'autre contemple
D e ſon ſcauoir le plus parfaiĉt exemple.
D e uoz grandeurs le preſtre ie ſeray,
E t deuant uous maint hymne chanteray,

B iiij

24

D uquel pourront les nations eſtranges,
E t noz nepueuz apprendre uoz louanges.
   C e doulx labeur la Muſe me donnoit
L ors, que H E N R Y à Boulongne tonnoit,
L uy faiſant ia de ſon bras la uaillance
C hemin au ciel par le fer de ſa lance.

V E R S   L I R I Q V E S.

A la Royne.

Ode I.

L A louange bien ſucrée
   L es oreilles nous recrée,
   L ouange, qui ua foulant
   L' honneur de l'arene blonde,
   Q u'Herme tourne dans ſon onde
   T out trouble de l'or coulant.
L a uertu eſt mepriſée,
   Q ui n'eſt point fauoriſée
   D es Graces, contre ces trois,
   L e temps, la mort, & l'enuye,
   D eſquels ſouuent eſt rauye
   L a gloire meſme des Roys.
R oyne donques ne refuſe
   D e l'humble, & petite muſe
   L es uers, que i'ay mariez

A ma

A ma lyre, qui accorde
L eurs sons diuers sur sa chorde
A ta grandeur dediez:
P ar eulx n'agueres fut dicte
C este belle MARGVERITE,
Q ui enclose en mes ecriz
A insi que la pierre honnore
S on anneau,elle decore
M es uers d'assez petit priz:
P ourtant si tu es chantée
P ar la muse tant uantée
D u tien Bouiu bien souuent,
N e dedaigne point d'entendre
L a mienne encor' ieune, & tẽdre,
Q ui met ses ailes au uent.
D e Phebus la saincte bande
A chacun,qui le demande,
N' a faict liberalité
D e pouuoir ainsi aux hommes,
M esme en la terre,ou nous sommes,
D onner immortalité.
S ur la riue obliuieuse
L a noire tourbe enuieuse
D es corbeaux,fait deualer
L es noms,que de l'eau profonde
L es cygnes tirant sur l'onde,

F ont par le monde uoler.
I adis Romme faiſoit naiſtre
    A ux diſciplines adeſtre
    M aint bon eſprit feminin:
    M ais ton Italie encores,
    D ont la gloire tu es ores,
    A eu le ciel plus benin.
C elle, ou Ferrare ſe mire,
    Q u'ores noſtre France admire
    S econde entre les ſiens luit,
    C omme aux mariniers eclaire
    C elle Tramontane claire,
    Q ui tant decore la nuit.
R oyne à nulle autre ſeconde,
    L e ciel t'a rendu feconde,
    A fin de perpetuer
    L a race en France eternelle,
    Q u'à la uertu paternelle
    O n uerra s'euertuer.
M orte eſt donq' la maladie,
    Q ui fut bien aſſez hardie
    D e montrer quaſi la nuit
    A ce petit ſecond Prince,
    Q ui ia en noſtre prouince
    C omme un nouuel aſtre, luit.
S us donq', qu'on chãte, qu'on bale,

Puiſque

P uisque la main triste & pale
A caché ses dards hydeux.
R oy, en qui l'honneur se baigne,
E t toy, sa chere compaigne,
R essiouissez uous tous deux.
O dieux, combien est heureuse
L a belle etoille amoureuse,
Q ui plus fort, que les ormeaux
L a uigne nestreinct, & lie,
V ous tient, & que ne s'alie
L'hyerre à ses prochains rameaux.
R omme doncq', chante Lucrece,
E t ta Penelope, ô Grece,
T oy Pont, celle de grand cœur,
Q ui suyuit par maintes terres
S on mary parmy les guerres,
C omme un souldard belliqueur.
E t toy Carie honnorable
P ar ton sepulchre admirable,
P rens de ta gloire le fruit
E n la louange qui uole
D e celle, qui son Mausole
E terniza d'un hault bruit.
L a France dira sans cesse
L es uertus de sa Princesse:
M ais moy, ie les uanteray,

E t tant les feray s'eſtendre,
Q u'Arne poura bien entendre
L es uers, que i'en chanteray.

A treſilluſtre Princeſſe Madame M A R-
GVERITE ſeur unique du Roy.

Ode I I.

L A ſainéte horreur, que ſentent
T ous ceulx, qui ſe preſentent
C raintifs deuant les dieux,
R endoit ma muſe lente,
B ien qu'elle fuſt bruſlente
D e s'offrir à uoz yeulx.
I'admiroy bien la grace,
Q ui montre en uoſtre face
D es cieux le plus grand ſoing:
M ais ſi grandè hauteſſe
M on humble petiteſſe
R egardoit de bien loing.
O res, ores le temple
D es Graces, ie contemple
D eſia plus d'une fois,
E t la coulonne ſeure,
O u humblement s'aſſeure
M on couraige, & ma uoix.

La mon

Là, mon ame incitée,
　　L à, mon ame agitée
　　D'une diuine ardeur,
　　C omme toute ecſtatique,
　　P end ce ueu poëtique
　　D euant uoſtre grandeur.
De Dieu la bonté haulte,
　　B ien qu'il n'ait de rien faulte,
　　R eçoit pourtant à gré
　　V ne uolunté grande,
　　Q ui fait petite offrande
　　A ſon autel ſacré.
Si uoſtre bruit, qui touche
　　L e ciel, uole en la bouche
　　D e l'Immortalité,
　　P ourtant il ne refuſe
　　D e ma petite muſe
　　L a liberalité.
Chante ma lyre donques
　　P lus hault, que ne feiz onques,
　　E t parmy l'uniuers
　　F ay reſonner ſans ceſſe
　　L e nom de ma Princeſſe,
　　S eul honneur de mes uers.

A Mellin de Sainct Gelais.

Ode I I I.

MELLIN, que cherist, & honnore
  La court du Roy plein de bon heur:
  Mellin, que France auoue encore
  Des Muses le premier honneur:
  Mes uers, qui souloint resonner
  De Venus les ardentes larmes,
  Audacieux uouloint tonner
  De Mars les foudroiantes armes.
Quand le dieu, qui regne en la lyre,
  Ceinct du laurier uictorieux
  Me reprist, de uouloir elire
  Vn œuure tant laborieux.
  Ne souille point le luc doré
  Au sang, qui coule en la campaigne,
  Ou le dieu en Thrace adoré
  Plein de pouldre, et sueur se baigne.
Qui dira d'assez bonne grace
  Les trophées de Marignan?
  Ou l'Espaignol fuyant la face
  Du ieune Prince à Carignan?
  La Parque sur noz ennemis
  Esbranlant son vrne fatale,
  Et l'heur que les dieux ont promis
  Au grand HENRY, qui les egale?

Que

Que ceux la les batailles chantent
    Plus hault, que le Grec ou Romain,
    Qui la bonne fortune sentent,
    Et l'heur de la royale main.
    Des Indes le premier vainqueur,
    Le soing, qui la ieunesse amuse
    Et l'archer qui blesse le cœur,
    Seront les labeurs de ma muse.
Labeur est en petite chose,
    Mais non petit honneur attent
    Celuy, qui heureusement ose,
    Et Phebus inuoqué, l'entend.
    Si Homere, & Virgile ont pris
    L'honneur de la premiere place,
    Pourtant n'est demeuré sans pris
    Le nom de Pindare, & d'Horace.
Celuy, à qui le ciel n'ottroye
    Le plus fort des Grecz ressembler,
    Qui les superbes murs de Troye
    Fist mile, & mile fois trembler,
    Desdaigner il ne doibt pourtant
    La uertu d'Aiax ancienne,
    Ou celuy, qui en combatant
    Lessa Mars, & la Cyprienne.
Comme la saone doulce, & lente
    Dedans son sein non fluctueux

C oule beaucoup moins uiolente,
Q ue le fort Rhofne impctueux:
M ellin,tes uers emmielez
Q ui aufsi doulx,que ton nom,coulent,
A u nectar des Mufes meflez
L' honneur de tous les autres foulent.
C eluy,qui n'a eu fauorable
L a Mufe lente à fon fecours,
D' un artifice miferable
E nfante les fiens durs, & lours.
P ourquoy donques fi longue nuit
V eulx tu fur tes labeurs eftendre,
O pprimant la uoix de ton bruit,
Q ui malgré toy fe fait entendre?
T elle eft la uertu,qu'on palie,
E ftant à foymefmes cruel,
Q ue la pareffe enfeuelie
D' un filence perpetuel.
S us mon luc,ua toy repofer
E n la royale MARGVERITE,
Q ue le ciel uoulut compofer
S ur le protraict d'une Charite.

A trefilluftre

A Madame MARGVERITE,

D'escrire en sa langue.

Ode IIII.

QICVNQVE *soit, qui s'estudie*
  E *n leur langue imiter les uieulx,*
  D'*une entreprise trop hardie*
  I *l tente la uoye des cieulx.*
C *royant en des ailes de cire,*
  D *ont Phebus le peult déplumer,*
  E *t semble à le uoir, qu'il desire*
  N *ouueaux noms donner à la mer.*
I *l y met de l'eau, ce me semble,*
  E *t pareil (peut estre) encor' est*
  A *celuy, qui du bois assemble,*
  P *our le porter en la forest.*
Q *ui suyura la diuine Muse,*
  Q *ui tant sceut Achille extoller?*
  O *u est celuy, qui tant s'abuse*
  D *e cuider encores uoler*
O *u, par regions incongnues*
  L *e cygne Thebain si souuent*
  D *essoubs luy regarde les nues,*
  P *orté sur les ailes du uent?*
Q *ui aura l'haleine assez forte,*
  E *t l'estõmac pour entonner*

I usqu'au bout la buccine torte,
   Que le Mantuan fist sonner?
Mais ou est celuy, qui se uante
   De ce Calabrois approcher,
   Duquel iadis la main scauante
   Sceut la lyre tant bien toucher?
Princesse, ie ne ueulx point suyure
   D'une telle mer les dangers,
   Aymant mieulx entre les miens uiure,
   Que mourir chez les estrangers.
Mieulx uault, que les siens on precede,
   Le nom d'Achille poursuyuant,
   Que d'estre ailleurs un Diomede,
   Voire un Thersite bien souuant.
Quel siecle esteindra ta memoire,
   O Boccace? & quels durs hyuers
   Pouront iamais seicher la gloire
   Petrarque, de tes lauriers uerds?
Qui uerra la uostre muëtte
   Dante, & Bembe à l'esprit hautain?
   Qui fera taire la musette
   Du pasteur Nëapolitain?
Le Lot, le Loyr, Touure, & Garonne,
   A uoz bords uous direz le nom
   De ceulx, que la docte couronne
   Eternize d'un hault renom.
                 Et moy

E t moy(si la doulce folie
  N e me deçoit)ie te promés.
  L oyre,que ta lyre abolie
  S i ie uy,ne sera iamais.
M A R G V E R I T E peut donner celle,
  Q ui rendoit les enfers contens,
  E t qui bien souuent apres elle
  T iroit les chesnes escoutans.

A tresillustre Prince Monseigneur Re-
uerendiß. Cardinal de Guyse.
Ode V.
L E sentier de la uertu
  N' est un grand chemin batu,
  O u tous uiateurs arriuent.
  C' est un sommet hault,& droiĉt,
  E pineux,& fort estroiĉt,
  A ußi peu de gens le suyuent.
H eureux,qui pour y monter,
  T out labeur peut surmonter,
  Q uelque danger, qu'il y uoye.
  C eluy,qui iadis naquit
  D' Alcmene,le ciel aquit
  A yant esleu cete uoye.
O Prince bien fortuné !
  L e ciel prodigue a donné

C ij

C e bon heur à ta ieuneſſe.
I e dy ce meſme bon heur,
D ont à peine a eu l'honneur
L a plus conſtante uieilleſſe.
L e Printemps deſſus les fleurs
E n mile & mile couleurs
P eint la premiere apparence
D es fruicts de l'eſté ſuyuant:
M ais les tiens ſont nez auant,
Q ue d'en donner l'eſperence.
D e leurs mains les meſmes dieux
S e ſont peints dedans tes yeulx,
E t en ton eſprit encore:
T on grand Roy le cognoiſt bien,
E t ſa France uoit combien
I l te cheriſt, & honnore.
E t qui n'y eſt inuité
P ar ta doulce grauité?
A qui n'eſt deſia congneue
A uoir tes geſtes duiſans,
M eſme en ces tant ieunes ans
C eſte uertu tant chenue?
Q uel ennemy du François,
Q uelle uille, mais ainçois
Quelle mer, ou quelle terre
N'a congneu iuſques ici

T on pere & freres auſſi,
C es trois foudres de la guerre?
Q ui n'oit encores le nom,
Q ui fait bruire le renom
D u grand Prelat de Loraine?
D ont le tige antiq', & beau
E ſt planté ſur le tombeau
D e la fameuſe Sereine.
L e mont, qui fut enuoyé
D eſſus le doz foudroyé,
N' eſclaire d'un plus grand luſtre
Q ue ton ſang, deſſus les lieux,
O u tes couronnez ayeux
O nt hauſſé le chef illuſtre.

A Mõſeigneur Reuerendiſſ. Cardinal de Chaſtillon.

Ode VI.

Q VELLE grande uertu
M aintenant oſe tu
C elebrer ô ma Muſe?
C et œuure humain n'eſt pas,
E t ton pouuoir trop bas
S i grand' charge refuſe.
L e luc melodieux
A bien chante les dieux,

E t leurs enfans encore.
C hanton' les donq' außi,
E t entre eux ceſtuy ci,
Q ui Chaſtillon decore.
I e ſens deſia combien,
M es uers luy plaiſent bien:
I e ſcay qu'il fauoriſe
C et honneſte labeur,
Q ue retardoit la peur
D e ma ieune entrepriſe.
Q ue diray-ie premier
D e luy tant couſtumier
D' aymer ceux, qui eſcriuent
L es uers laborieux,
P ar qui uictorieux
L es noms au ciel ariuent?
H eureux, qui ſcait gouſter
C e, qui le peut ouſter
Des mains de la mort bleſme.
V rayment il ne mourra,
M ais uiuant ſe pourra
T irer du tumbeau meſme.
M aint Prince, dont le nom
S e taiſt, a eu renom
D euant Charles en guerre.
D' un ſeul Roland ſi fort,

D'un

D'un seul Regnaud l'effort
  N'a fait trembler la terre.
Maints viuans ont eu bruit,
  D'ont or' la longue nuit
  Enseuelist la gloire:
  Pour ce qu'ils n'ont point eu,
  Qui leur morte vertu
  Feist viure en la memoire.
Mais ie vouë, & promés
  De n'endurer iamais,
  Que l'oubly sacrilege
  Morde sur mon grand Roy,
  Sur ton oncle, & sur toy,
  L'honneur du sainct College.
Iadis le grand Atlas
  Quand son dos estoit las
  Soubs le faix tant moleste,
  Se tenoit bien plus seur,
  Ayant un successeur
  A sa charge celeste.
Hercule sceut combien,
  Le secoururent bien
  Les flammes punissantes,
  O d'Egée le filz!
  Quand steriles tu feiz
  Les testes renaissantes.

C iiij

E t ta nef bien ſouuent
  F ut maiſtreſſe du uent,
  A yant Typhis pour guide:
  Q uañd tu alois, Iaſon,
  V oir la riche toiſon
  E n la tèrre Colchide.
O grand Mommoranci,
  T u ſeras donq' ainſi
  A ce Roy noſtre Prince
  L e plus grand des Chreſtiens,
  Q ui deſſoubs luy ſouſtiens
  L e faiz de ſa prouince.
A ngloys, reprenez cœur
  C ontre HENRY uainqueur,
  B oulongne eſtant repriſe:
  O ſez encor' armer
  E t la terre, & la mer:
  V aine eſt uoſtre entrepriſe.
P relat, les fors Iumeaux
  D eſſus les grandes eaux
  L eurs eſtoiles font luire:
  T es deux freres uaillans
  P our France bataillans
  L eurs noms y feront bruyre.
              L'auantretour

L'auantretour en France de Monseigneur
Reuerendiß. Cardinal du Bellay.

Ode VII.

T V uiendras donq' finablement
  H eureux Prelat, & à ta suite
  R etourneront semblablement
  L'sprit, la uertu, la conduite,
  Q ui te suyuent ou, que tu uoises,
  V eillant aux affaires Françoises.
L es dieux, & les astres aussi
  F auoriserent bien la France,
  Q ui en toy feirent naistre ainsi
  L a mesme mort de l'ignorance.
  L e ciel, qui ton esprit admire,
  D edans son ouuraige se mire.
O u est le lieu, qui n'a congneu
  C e grand Langé inimitable?
  D ont le renom est paruenu
  A ux fins de la terre habitable.
  Q ui est celuy nostre auersaire,
  Q ui n'a ueu ce, qu'il scauoit faire?
C æsar a senty mile fois,
  Q ue pouuoit la sage entreprise,
  L a uertu, la plume, la uoix,
  Q u'encores tout le monde prise,

D e celuy, qui n'a ce me semble,
L aißé que toy, qui luy reßemble.
L e ciel cruel, à qui sembla
F rance par uous deux trop puiſſante,
L as, par mort uous deſaſſembla,
D ont mon ame en eſt gemiſſante:
S aichant bien qu'une telle perte
I amais ne ſera recouuerte.
C e grand Roy gueres n'admiroit
C eluy, dont Troye ſe lamente,
Q ui dix Neſtors ſe deſiroit,
N on une force uehemente.
L e miel, qui les oreilles touche,
A Neſtor couloit de la bouche.
L e ſaige Grec, dont le parler
S embloit aux neiges hyuernales,
Q ue le Printemps fait deualer
P ar les montaignes inegales,
C ogneut par cent mile trauerſes
E t hommes, & citez diuerſes.
S a chaſte epouze ce pendant
D e pourſuyuans ſollicitée
F ut bien uingt hyuers attendant
L' heure heureuſe tant ſouhaitée,
Q ui apres la rendit contente
P ar le fruit de ſa longue attente.

La France,

L a France,qui bien aperçoit
  C ombien uault un esprit si saige,
  A pres longs trauaulx te reçoit
  A uecques un ioyeux uisaige:
  S i fait ton Roy, bien heureux Prince,
  D' auoir tel homme en sa prouince.
H aste toy donq, & n'atten pas
  Q ue la grand' epaule chenue
  D es Alpes, deçoiue tes pas.
  P aris ioyeux de ta uenue
  I a de loing uenir te regarde:
  M on dieu,que l'arriuer me tarde !
I o ma lyre, io ie ueulx,
  Q u'un tel iour me soit tousiours feste,
  P our payer tous les ans mes ueutz.
  S us donq',qu'un autel on m'appreste
  D' hierre à la racine uelue,
  E t de ueruene cheuelue.
C eluy Macrin,que tu cognois,
  A ux Latins sacra ta memoire:
  E t moy apres ce Loudunoys
  A ux Françoys ie chante ta gloire.
  T ant i'ay desir de uoir en France
  L es Muses faire demourance.
L e Lesbien ses uers sonnoit
  P army les armes non timide,

O u quand à ſa nef il donnoit
R epos ſur le riuaige humide.
P relat, te plaiſe temps elire
P our mes uers ecouter, ou lire.
D es uents encores ſoutenu,
S ortant du maternel boccaige
L'oyſeau par ſentier incongnu
T ente le premier nauigaige
D es ailes, que ſa mere guyde,
L'aſſeurant parmy l'air liquide.
M oy ieune, & encores peu fier
L aiſſant la maiſon paternelle,
A u ciel ie m'oſeray fier
D eſſoubs la faueur de ton aile:
A ile, dont la plume dorée
D e tout le monde eſt adorée.
O la grand' ardeur, que i'auoys
D'appaiſer ma ſoif en cete onde,
Q ui ueit à ſon bord quelquefois
L es dépouilles de tout le monde!
E t la grand' cité, qui encore
A inſi qu'un demy dieu t'adore.
I e bruloy' tous les iours apres,
A lors que les fieures cruelles
M es oz uont ronger de ſi pres,
Q uilz n'ont quaſi plus de mouëlles.

Ia deſia

I a desia me montroit la Parque
D e Charon la fatale barque.
M ais les dieux n'ont uoulu chasser
D e moy cet heur tant souhaitable,
Q ue d'estre tien, feust pour passer
L e froid Caucase inhospitable,
O u parmy les ondes auares
L e destroit des syrtes barbares.

Contre les Auaritieux.
Ode VIII.

T O Y, de qui la richesse excede
C elle, qui l'Afrique possede,
E t les grands thesors non touchez,
Q ui sont en la terre cachez,
C ombien que desia soint comprises
E n ce Palaiz, que tant tu prises,
P lus des deux pars de la Cité,
S i la dure necessité,
Q ui à toutes les loix renonce,
S es cloux de dyamant enfonce
D essus toy iusq' au dernier point,
T on serf esprit ne sera point
D e peur deliure, ny ta teste
D es liens, que la mort t'appreste.
L e Scyte à plus grande raison,

Q ui ſa uagabunde maiſon
P ar tout ou bon luy ſemble, meine:
E t les Gettes durs à la peine
N ature à trop myeux contentez,
Q ui ont leurs champs non arpentez:
E t ou la culture annuelle
A chacun n'eſt perpetuelle.
V enus & la forte liqueur,
Q ui arrache le ſoing du cueur,
L es uiandes elabourées
A uec ſauces bien ſauourées,
L e ſon du luc, & ſur les eaux
L e doulx ramaige des oyſeaux
N' oſtent de l'or la faim ſacrée
A u cueur ambicieux ancrée,
Q ui iamais ne ſent en ſon oeil
C ouler l'emmiëllé ſommeil.
L e doulx ſommeil plus toſt habite
L a maiſonnette humble & petite
D u berger, ou du laboureur,
Q ue le Palaiz d'un Empereur.
L a mer, qui eſt tempetueuſe
P ar la deſcente impetueuſe
D e l'Arcture, ou par le leuer
D u Bouq, ne ſceurent onq' greuer
C eluy, qui d'aſſez ſe contente.

La greſle

L a greſle, qui deçoit l'attente
D u uigneron, le champ trompeur,
L arbre ſans fruict, ne luy font peur:
S oit que la terre ſoit bruſlée
D u chault, ou par l'hyuer gelée.
P ourquoy en auroit il ennuy,
P uis qu'immortelz ainſi que luy
S ont les biens, ou ſon cueur il fiche?
O l'homme heureux! ô l'homme riche!
S i les honneurs ambicieux,
L es palaiz eleuez aux cieux,
L e doulx n'ectar, & l'ambroſie,
N e contentent la fantaiſie
D e celuy, qui nouriſt le ſoing
D' un cœur à ſoymeſmes teſmoing,
P ourquoy hauſſeray-ie les uoiles
D eſſoubz la faueur des etoiles?
P ar mile & par mile dangers
S uyuant les theſors etrangers,
E t la pauureté renaiſſante
A uec la richeſſe croiſſante.
V ole donq' auare marchant
D es Indes au ſoleil couchant,
E t du ſeptentrion encore
I uſq'au bord de la terre more
C erne le tour continuel

S i tu ueux, de l'aſtre annuel
A uecques un labeur extreme,
E t te fuy ſi tu peux, toy meſme.
P ourtant ſi ne fuiras tu pas
L e ſoing, qui te ſuit pas à pas,
E t la crainte, qui tourne, & uire
L e gouuernail de ta nauire.

  M oy, que la Muſe ueult aimer
P ar les uents ie feray ſemer
T out le ſoucy, qui me fait guerre,
D eſſus l'ennemie Angleterre,
O u regne l'horrible fureur
D' Erynnis, auec la terreur
D es armes, & de l'entrepriſe
D e HENRY, que Mars fauoriſe.

A Bouiu.

Les conditions du uray Poëte.

Ode I X.

B O V I V, celuy que la Muſe
 D' un bon œil a ueu naiſſant,
 D e l'eſpoir, qui nous abuſe,
 S on cœur ne ua repaiſſant.
L a faueur ambitieuſe
 D es grands, uoluntiers ne ſuit,

Ny la

N y la uoix contencieuse
D u Palaiz, qui tousiours bruyt.
S a uertu n'est incitée
A ux biens, que nous admirons,
E t la mer sollicitée
N' est point de ses auirons.
L a vieille au uisaige blesme
I amais greuer ne le peult,
Q ui se tormente elle mesme,
Q uand tormenter elle ueult.
S on etoile ueult qu'il uiue
T ousiours de l'amour amy,
M ais la uolupté oysiue
N e la oncques endormy.
I l fuit uoluntiers la uile,
I l hait en toute saison
L a faulse tourbe ciuile
E nnemye de Raison.
L es superbes Collisées,
L es Palaiz ambicieux,
E t les maisons tant prisées
N e retiennent point ses yeux.
M ais bien les fontaines uiues
M eres des petits ruisseaux
A u tour de leurs uerdes riues
E ncourtinez d'arbrisseaux

D ont la freſcheur, qui contente
   L es beufz uenans du labeur,
   D e la Canicule ardente
   N e ſentit onques la peur.
I l tarde le cours des ondes,
   I l donne oreilles aux boys,
   E t les cauernes profundes
   F ait rechanter ſoubs ſa uoix.
V oix, que ne feront point taire
   L es ſiecles s'entreſuiuans:
   V oix, qui les hommes peult faire
   A eulx meſmes ſuruiuans.
A inſi ton bruyt qui s'ecarte,
   B ouiu, tu feras parler,
   A inſi ta petite Sarte
   A u meſme Pau s'eſgaler.
O que ma Muſe a d'enuye
   D' ouyr (te ſuyuant de pres)
   L a tienne des boys ſuyuie
   C ommander à ces foreſtz?
E n leur apprenant ſans ceſſe,
   E t à ces rochers ici
   L e nom de noſtre Princeſſe,
   P endant que ma lyre auſſi
C ete belle M A R G V E R I T E
   ſacre à la poſterité,

Et la

E t la uertu, qui merite
P lus d'une immortalité.
O l'ornement delectable
    D e Phebus! ô le plaisir,
    Q ue Iupiter à la table
    S ur tous a uoulu choysir!
L uc, qui eteins la memoire
    D e mes ennuitz, si ces doigtz
    O nt rencontré quelque gloire,
    T ienne estimer tu la doibz.
O u me guidez uous Pucelles,
    R ace du Pere des Dieux?
    O u me guydez uous les belles,
    E t uous Nymphes aux beaux yeux?
F uyez l'ennemy riuaige,
    G aignez le uoisin rocher:
    I e uoy de ce boys sauuaige
    L es Satyres approcher.

De l'Innocence, & de n'attenter contre
la mageste diuine.
Ode   X.

QV I uers le ciel les mains renuersera,
    L' œil, & le cœur, & la doulce faconde,
    D es bienheureux le plus heureux sera,
    E t la fureur de l'air ne blessera

S es blez ioyeux, ny ſa uigne feconde.
I l ne craindra le bras du fier Angloys,
　Q ui ſa uertu porte encloſe en ſa trouſſe.
　B eſoing n'aura du fidele carquoys
　P lein de ces traicts , que ſouuent l'arc turquoys
　E nuenimez contre l'ennemy pouſſe.
D' un mur d'airain ſon cœur enuironné
　L a froide peur ne peindra dans ſa face,
　S oit que le pere ait en fureur tonné,
　O u que le uent ſoubs la terre entonné
　L es fondements du monde trembler face.
C eluy, qui a engraué bien auant
　D edans ſon cœur la coulpe uengereſſe,
　S on peché palle il uoit courir deuant
　L es pieds aiſlez de la peine ſuyuant'
　Q ui ia deſia les deux talons luy preſſe.
I l ſent encor' les furieux ſerpens,
　A uec' l'oiſeau qui te ronge, & moleſte
　T oy, dont le corps couure bien neuf arpens:
　E t toy auſſi, qui en uain te repens
　D u larecin de la flamme celeſte.
C e fut au temps, que ce languiſſant corps
　S entit premier les fieures tant cruelles.
　M ile malheurs, mile ſortes de morts
　L e ciel uengeur feiſt deſcendre, & alors
　L a mort boyteuſe à ſes piedz miſt des aiſles.

Que n'ont

Que n'ont ofé les hommes attenter
  Contre les dieux? cet audacieux feuuré
  De l'air iadis le uyde ofa tenter:
  Mais bien l'enfer ne fe peult exempter,
  Que fon obfcur mefmes on ne defcœuure.
Celuy urayment contre dieu fefleua,
  Qui feift premier le tonnerre imitable:
  Ce feut celuy, qui le canon trouua,
  Et Salmonée encores eprouua
  De Iuppiter la foudre ueritable.
A fon dommaige Orion quelquefois
  Tenta la Vierge aux forefts tant congnue,
  Trovs cens liens enchainent Pirithoys,
  En mefme erreur Ixion, tu eftoys,
  Quand tu aimas la tromperefse nue.
Et qui ne fcait, comment le Roy des dieux,
  Dont le fourcil fait trembler ciel, & terre,
  Brifa iadis l'efcadron furieux,
  Qui pour monter au ciel uictorieux
  Ofa drefser la facrilege guerre?

Au feigneur du Boyfdaulphin mai-
ftre d'hoftel du Roy.

Les Roys font enfans des Dieux,
  Les Dieux les Roys fauorizent,

E t bien font uouluz des cieux,
Q ui les honnorent, & prifent.
C eux, qui des Roys ont la grace,
N' ont pas un petit bonheur,
E t qui honnore leur face,
A ux Roys mefmes fait honneur.
T on Prince, qui bien entend
L a grandeur de ton merite,
S ur toy fa faueur eftend,
F aueur, qui n'eft pas petite.
M ais qui bien te congnoift ores,
E t n'eft auffi congnoiffant
L' efprit, qui eft plus encores
Q ue fon corps, apparoiffant?
M a lyre, qui fceut chanter
N' agueres des Roys la gloire
S' ofe encores bien uanter
D' eternizer ta memoire.
L a nature me feift naiftre
D e ton fang non gueres loing,
E t à uertu me fait eftre
D e tes honneurs le tefmoing.
C eluy, qu'amour de foy poingt,
S a figure ait contrefaicte:
L e tableau ne parle point,
E t la ftatue eft muette.

Les uers

L es uers iamais ne se taisent,
D e uers pauure ie ne suis.
L es uers (Boysdaulphin) te plaisent:
D es uers donner ie te puis.

A Carles.

Ode XII.

L A I S S E de celuy les dangers,
  Q ui ueit maintz peuples estrangers,
  A pres auoir donné en proye
  L es murs de la fatale Troye.
I l fault plus grand œuure mouuoir,
  E t tu en as bien le pouuoir
  C arles, dont la Muse prisée
  E st du Roy tant fauorisée.
L a donc' fay ta plume uoler
  P our France, & son Prince extoler:
  E t auec une uoix hardie
  S onne l'Angloyse tragedie.
T u pouras bien tout à loisir
  L e uent, & la saison choisir,
  P our ramener au port d'Itaque
  L e pere au saige Telemaqué.
L e grand uainqueur de l'uniuers,
  D ist le Grec gisant à l'enuers,

B ien heureux, dont sa gloire insigne
T rouua d'Homere la buccine.
O Prince heureux, ou que tu soys,
T on siecle, & ton peuple Françoys,
E t heureux tous ceulx dont tu parles,
O la docte Muse de Carles!
Q ui eust congneu les longs erreurs,
E t les belliqueuses terreurs,
O u la uertu presqu'incroyable,
D e ce grand Troyen pitoyable.
Q ui eust sceu de Mars les enfans,
L eurs lauriers, leurs chars triumphans,
S i ores lenuieux silence
A leurs noms faisoit uiolence?
L es sepulchres laborieux,
C ollosses, Arcz uictorieux,
E t les batailles engrauées
S ur les columnes eleuées:
L a main du peintre, & la faueur
D e l'ingenieux engraueur,
L e tableau, le marbre & le cuyure,
Q ui font les hommes deux fois uiure,
N e scauroint si bien exprimer,
C e, qui H E N R Y fait estimer,
C omme le sonnent en leur onde
L es flots de la docte Gyronde.

I'oy la

I' oy la buccine à cete fois,
   A uec l'epouantable uoix
   D u canon, qui l'oreille étonne,
   E t le hault phyfre, qui refonne.
I a le harnois refplendiffant
   F ait peur au cheual haniffant,
   E t aux yeulx du fouldard timide,
   Q ui fait de fang la terre humide.
I e uoy les uainqueurs cheualiers
   A rdents au milieu des miliers,
   S ouillez des pieds iufqu'a la tefte
   D' une pouldre non dehonnefte.
Q uel champ par la main de Valoys
   N' eft engreffé du fang Angloys?
   Q ui n'oit le bruit, que fait la terre
   S oubs la ruine d'Angleterre?
Q uel deftroict, quel haure, & rocher
   N e uoit les nefz s'entreacrocher?
   S ur l'onde le flotant bagaige,
   E t le feu qui la mer facaige?
M ais affin, luc trop couraigeux,
   Q ue tu ne deldaiffes tes ieux,
   C effe ton chant, ou bien accorde
   V n plus doulx fon deffus ta chorde.

A Heroet.

Ode XIII.

LES Thraces chantent leur Orphée,
   L a Grece encores ſe debat
   D e cil, qui du Troyen combat
   D reſſa le ſuperbe trophée.
Thebes encor' eſt glorieuſe
   D u luc ſur tous le mieulx appris,
   Q ui donne en Olympe le pris
   D e la palme uictorieuſe.
Paris, mais bien la France toute,
   D e Seine oit tous les iours le ſon,
   Q ui fait de toy mainte chanſon,
   Q ue noſtre ſiecle heureux ecoute.
Heroët aux uers heroïques,
   (ſuieƈt urayment digne du ciel)
   Q ui en doulceur paſſent le miel,
   E n grauité les fronts ſtoïques.
Ta muſe des Graces amye,
   L a mienne à te louer ſemond,
   Q ui ſur le hault du double mont
   A s erigé l'Academie.
Si l'on doibt croire à Pythagore,
   Q ui les corps fait reanimer,
   O n peut, Heroet, eſtimer
   E n toy celuy reuiure encore,

A qui

A qui iadis dedans la bouche
  L es abeilles aloint formant
  L e miel, lors qu'il estoit dormant
  E ncor' enfant dedans sa couche.
T u as rompu l'arc, & la trousse
  D u ieune archer malicieux,
  Q ui blessoit la terre & les cieulx,
  L uy baillant nature plus doulce.
V enus, qui n'a plus de puissance,
  E n uain par tout cerche son filz,
  Q ue n'agueres uoler tu feis
  D' icy, au lieu de sa naissance.
S us, Muses que l'on enuironne
  L e front scauant de cetuici,
  Q ui a bien merité aussi
  D e uoz mains receuoir couronne.
V oz mains donques la luy composent
  N on du uictorieux laurier,
  M ais du pacifique oliuier,
  D essoubs qui les loix se reposent.

A Mercure, & à sa lyre.
Pour adoucir la cruauté de sa dame.
Ode XIIII.
N E V E V d'Atlas, qui donnas le pouuoir
A u uieil Thebain des pierres esmouuoir,

E toy encor' ô coquille dorée
D es plus grands Roys au vieux siecle adorée,
   M ontre moy les accords
   D es accordans discords,
   D' ont ma doulce ennemye
   Se puisse emerueiller,
   Et face reueiller
   Son oreille endormie.
E ll' fuit ainsi, que la ieune iument,
Q ui va l'ardeur de cheuaulx allumant
D eça delà, iouant par les campaignes,
O u sur le doz des prochaines montaignes.
   D es noces le doulx point
   E ncores ne la poingt
   (L a sauuage & farouche)
   M ais d'un pié non oisif,
   F uit le mary lascif,
   D e peur qui ne la touche.
T u peux mener les compaignes forestz :
T ygres, lyons te uont fuyuant de pres :
E t soubs ton chant les riuieres bruyantes
H auffent la bride à leurs ondes fuyantes.
   L e portier aboyant
   T es chansons feut oyant,
   B ien que sa teste porte
   S erpens pleins de laideur,

Et que

E t que puante odeur
D e ſes trois gueulles ſorte.
L e grand Tytie à l'oeil fier ⁊ hydeux,
E t Ixion rirent en depit d'eulx.
L a rouë auſſi, qui iamais ne s'arreſte,
A uec la pierre à t'eſcouter feut preſte.
L a doulceur de ta uoix
A rreſta quelquefois
L e Buſſart touſiours uyde,
C e pendant que chantant
T u alois esbatant
L a race Danaïde.
E coute donq' de ces uierges ici
L a cruauté, ⁊ les tourments auſſi,
C elle qui m'eſt en plus cruelle peine,
Q u'a leur maris cete gent inhumaine:
D ont l'une ſeulement,
Q ui mentit noblement
A ſon pere infidele,
V aloit bien, que le fruit
D e nuptiale nuit
N e feuſt eloingné d'elle.
S us, leue toy (tout bas diſt elle adonc'
A u ieune epoux) que ton ſommeil trop long
T out maintenant par la tourbe cruelle
N e ſoit mué en nuit perpetuelle.

D esia toutes ont mis
L eurs espoux endormis
A mort (les inhumaines)
L a lyonne courant'
A insi ua deuorant
L es ueaux parmy les plaines.
M oy, que pitié & l'amour de toy poingt,
O mon amy! ie ne t'occiray point.
H aste toy donq' ta uie helas ie n'ose
T enir ici plus longuement enclose.
S oint de pesans liens
C hargez les membres miens,
O u face que i'endure
E xil perpetuel
L e mien pere cruel,
P our n'auoir esté dure.
F uy de rechef, ou le uent te conduit,
F uy ce pendant que venus, & la nuit
D onnent faueur à ta course hastiue.
I e demouray en ta place captiue.
S ur mon sepulchre au moins
G raue ces pleurs tesmoings
D e mon amour extreme:
T esmoings dor'enauant,
Q ue ie t'ay fait uiuant
P ar la mort de moymesme.

La louange

La louange du feu Roy FRANCOYS, et du treschrestien Roy HENRY.

Ode XV.

COMBIEN tu doibs France, à ceulx de Valoys,
    T esmoings en sont les armes, & les loix,
    Qui ont fleury soubs FRANCOYS, ainsi côme
    I adis en Grece, & soubs Auguste à Romme.
C'est luy, qui a de ce beau siecle ici
    C omme un soleil, tout l'obscur eclairci,
    O stant aux yeux des bons espriz de France
    L e noir bandeau de l'aueugle ignorance.
C' est luy premier, qui du double coupeau,
    A ramené des Muses le troupeau
    P our consacrer à leur mere, la gloire
    D u Lot, du Loyr, de la Touure, & de Loyre.
S i n'a-il point un plus grand œuure faict,
    Q ue de laisser un enfant si parfaict
    C omme ce Roy, qui rendra eternelle
    P ar sa uertu, la uertu paternelle.
C omme l'oyzeau de prodige annonceur
    D u blond Troyen fidele rauisseur,
    A qui des dieux le souuerain otroye
    L es uagabonds uolatiles en proye,
D es plus doulx uents au printemps soutenu
    V ole hardy parmy l'air incongnu

S i toſt que l'aage, & uigueur paternelle
    D ehors le nyd ont esbranlé ſon aile,
S uit les oyzeaux, puis faict plus couraigeux,
    O ſe aſſaillir les ſerpents outraigeux:
    T el fut ſenty, & tel ſera encore
    C e nouueau Roy, que noſtre ſiecle adore.
L a biſche ainſi, ou le ieune cheual
    O nt ueu de loing deſcendre contreual
    L e lyonceau hardy, qui les deuore
    A uec' ſes dents innocentes encore.
Q ui toſt apres oſe en fureur ſaillir,
    P our les taureaux indomtez aſſaillir,
    E t appaiſer par le ſang, qu'il en tire,
    S a longue faim, & l'ardeur de ſon ire.
I adis Angloys, iadis preuue tu feis,
    Q ue c'eſt d'auoir de François eſté filz,
    E t combien uault la bonne diſcipline
    A u naturel, qui à uertu s'incline.
M aintenant donq' eprouuer tu peuz bien
    P ar la grandeur de tes pertes, combien
    D 'un ſi grand Roy peult la ſaige entrepriſe,
    E t la uertu, que le ciel fauoriſe.

A Madame la Conteſſe
de Tonnerre.
Ode XVII.

Haulte vrayment dire i'oſe
   Trois, & quatre fois la choſe,
   Ou les feminins eſpris
   N'ont peu quelquefois attaindre.
   Bien doit donq la cheute craindre,
   Qui a tel œuure entrepris.
Dieu leur a donné des ailes,
   Qui ſont bien aſſez iſnelles,
   Pour voler iuſques aux cieux.
   Quelle grandeur de couraiges?
   De leurs belliqueux ouuraiges
   Teſmoings feurent noz ayeux.
Le bruit iuſqu'ici reſonne
   De celle braue Amazone,
   Qui par l'eſpez des miliers
   A Mars ſe donnant en proye,
   Fiſt rougir les champs de Troye
   Au ſang des Grecz cheualiers.
Des ans viuront mil' & mile
   L'Aſſirienne, & Camille.
   Quel marbre, quel dyamant
   Eſt plus dur que la memoire,
   Qui garde encores la gloire

E

D e Marphize, & Bradamant?
T hebes encore se uante
D e sa Corinne scauante.
S ur toy Pindare mordoit
L a doulce lyre ancienne,
Q ue la fille Lesbienne
S i doctement accordoit.
C elle, qui fist plus feconde
D e ses enfans la faconde,
R omme, en memoire tu l'as.
M ainte autre n'est plus prisée,
Q ui se ueit fauorisée
D e l'une, & l'autre Pallas.
O plumes trop enuieuses,
Q ui es eaux obliuieuses
L aissez noyer le renom
D e tant de celestes dames,
D' ont ores les tristes lames
C ouurent le corps, & le nom!
C ombien sont mieulx fortunées,
Q ui en cet age sont nées,
O u maint gentil ecriuant
A bien osé entreprendre
P ar ses doctes uers, de rendre
L eur hault honneur suruyuant?
L a uertu est trop seuere,

Qui la muse ne reuere.
L a muse aime la uertu.
T u ne uerras donq' conteſſe,
D eualer de ſa hauteſſe
T on loz par mort abatu.
Qui publira les louanges
D es noſtres, ou des eſtranges,
E t de toy ne chantera
L'eſprit, la doulceur, la grace,
D ont la genereuſe race
D e Clairmont ſe uantera?
C'eſt pourquoy mes uers aſpirent
O u tes louanges les tirent:
B ien que ton ſcauoir ſoit tel,
(s i tu le ueulx entreprendre)
Q ue ton renom ſe peut rendre
P ar toymeſmes immortel.

F I N.

E ÿ

CAELO MVSA BEAT.

BRIEVE EXPOSITION DE QVELQVES

paſſaiges poëtiques les plus difficiles contenuz en cet œuure.

Ian Prouſt Angeuin au leƈteur s.

I E nay (leƈteur) entrepris ce petit labeur pour enſeigner Minerue, ceſt à dire les doƈtes, qui n'ŏt que faire de telles expoſitiŏs, meſme ſortătes de telle măi, qui ay plus grăd beſoing d'eſtre enſeigné, q̃ d'enſeigner, et qui entĕs auſſi peu les choſes haultes, et difficiles, cŏme i'ay bon uouloir de les entĕdre. Mais uoulăt ſatisfaire au plaiſir, & cŏtentement de pluſieurs bŏs iugemĕs, nŏ toutefois exercitez en la leƈture des poëtes, et ſingulieremĕt pour ſoulaiger l'hŏneſte labeur des dames, et damoizelles, qui uolŭtiers aimĕt à lire choſes exquiſes, et nŏ uulgaires, ayăt (dy-ie) tel uouloir, qui à leurs ſeruices des le iour de ma naiſſăce ſuis entieremĕt dedié, ie me ſuis auanturé de leur mettre en auăt ce petit traiƈté, qui nŏ ſeulemĕt leur poura faire entĕdre la plus grăd' part de la conceptiŏ de ce poëte, mais encores leur poura ouurir quelque chemin pour paruenir à l'intelligence de plus grandes choſes. Or ſi elles treuuent ici quelque plaiſir, ou profit, en ſaichĕt premierement gré à l'autheur, & à l'expoſiteur ſecondemĕt ueillent ottroyer leurs bŏnes graces, auſquelles ie me recŏmăde auſſi humblemĕt, cŏme de bon cœur ie leur fay ce petit preſent, les ſuppliant auſſi de meſme affeƈtion le receuoir.

Du Prosphonematique.

C E tiltre est pris du grec, & signifie autant que salutation. Dionys. Halicarnass. a fait un traicté des Prosphonematiques, parlãt des salutatiõs, qu'on fait aux Roys, & grands seigneurs aux entrées de leurs uilles, & prouinces. Il ne fault trouuer estrãge la nouueauté du terme, ueu que les Latins ont pris des Grecs les noms de leurs proësmes, & que nostre langue depuis peu de temps a desia receu O D E, E P I T H A L A M E, P A N E G Y R I Q V E, & autres.   L E S sources de Pegaze) Pegaze est une fõ taine dicte de Pegazus le cheual uolant, pource qu'il la fist sortir frapant du pied contre la terre. Son eau donne esprit, & uigueur aux poëtes.

Sainct Parnaze) C'est une mõtaigne en la region de Thessalie. Les I X Muses, qui sont filles de Iupiter, & de la Déesse Memoire, inuẽtrices des Ars liberaux y font seiour auecques Apollon le Dieu des sciences.   Bras Angeuin.) l'Autheur designe le lieu de sa natiuité.   Vostre arc diuin) Le poëte Pindare attribue un arc aux Muses, appellãt flesches les beaux uers, qu'elles chantent.

De l'un à l'autre pole.) De l'un à l'autre Hemi sphere. Ce sont les deux poincts, sur qui les Astro

logiens font tourner la sphere, & s'appellẽt l'un
7 arctique, et l'autre antarctique. Ce traict puif
fant)C'eft le uers heroique le plus graue de tous,
comme celuy, qui chante uoluntiers les louanges
8 des dieux, & des roys . La grand Ceres)C'eft
celle, qui premierement enfeigna l'ufaige du blé
aux hõmes:elle eft nõmée Ceres aux blonds che
ueux , defignant la couleur, qu'ont les bleds ap
prochãts de leur maturité. Bacchus außi)il fut
filz de iupiter, & de semelé : il monftra premier la maniere de planter la uigne.il eft courõ-
né d'hyerre, & de pãpre,& fait mener fon char
9 par des tygres. les Satyres le fuyuẽt. L'io trium
phal.)phebus encores ieune ainfi qu'il cõbatoit
le ferpẽt python, le peuple luy crioit, ῖε πᾶι.c'eft
à dire, tire, frape, ou ῖε πᾶι, tire enfant. Depuis
muant quelques lettres, on en fift io pæan accla
mation ufurpée premieremẽt és hymnes d'Apol
lon, & apres és triumphes, & ioyes publiques.

10 De l'Aurore.)C'eft l'aube du iour, qu'on nomme la meffagere du foleil, c'eft pourquoy on luy
attribue la couleur uermeille. Nouueaux enfans.)Les Geans filz du foleil, & de la terre, qui
par haultes montaignes s'efforcerent d'efcheller
le ciel, & en chaffer iupiter le fouuerain des
dieux

dieux, qui le precipita auecques sa fouldre.

Marne peignoit) Il feinct poëtiquement trois Nymphes soubs le nõ de trois riuieres les plus fameuses de celles, qui descendent en Seine.   Tage, & Pactol') deux fleuues de Lydie, qui roulent l'or auecques leurs arenes.   De l'Abondance) C'est la corne de la cheure nommée Amalthée, qui feut nourrice de Iupiter, ou celle, qu'Hercule rompit au fleuue Acheloys transformé en taureau: les Nymphes Naiades la remplirent de toutes especes de fleurs, & de fruicts, & feut pour ceste raison nommée la corne d'Abondance.   Alpes chenues) Pource qu'elles blanchissent de perpetuelle neige.   Palas y est) C'est la Déesse de sapience: pource ont feint les anciens, qu'elle nasquit du cerueau de Iupiter. Elle est encor' appellée Bellona, c'est à dire déesse des armes. Aussi est elle tousiours armée. Elle estoit anciennement fort honnorée en Athenes. Elle s'appelle autrement Minerue.   Riuaiges Ascrées.) d'Ascra uile d'Hesiode ancien poëte Grec, qui donna grand comencement aux fables poëtiques. La belle uierge) C'est la uierge Astrée, qui regnoit du tẽps du siecle doré. Les poëtes feignẽt quelle s'en uola au ciel auecques les uertuz, quãd

13 Pandore ouurit ſa boëte fatale. vierges fatales.)
Qui tiennent la uie, & les deſtinées des hōmes.
Elles ſont trois, clotho, Lacheſis, & Atropos, &
ſont filles de Demogorgon l'anciē pere des dieux.
De Nerée.) C'eſt un dieu marin filz de l'Ocean,
& de la grand'Thetis. Horace en ſes Odes l'in-
troduit prediſant la ruyne de Troye à Paris, lors
que par mer il emmenoit la belle Helene.   Du
monarque Romain.) d'Auguſte Cæſar, ſoubs l'em
pire duquel floriſſoint à Romme les ars, & ſciē
14 ces, & la paix uniuerſelle.   Le beau Croiſſant.)
C'eſt la deuiſe du Roy treſchreſtien, qu'il porte
auec ces mots. DONEC TOTVM IM-
PLEAT ORBEM.   Fleſches Françoiſes.) Il
porte auſſi les fleches, l'arc, & la trouſſe de Diane.   Le leopard.) Ce ſont les armes du Roy d'An
gleterre.   Vn lieu ſe treuue.) C'eſt la Mauritai-
ne Ethiopie, ou le geant Atlas ſouſtient le ciel a-
uecques ſes epaules.   De Ianus.) Il y auoit anciē
nement à Rōme un temple dedié au dieu Ianus.
La eſtimoint les Romains la guerre eſtre enfer-
mée, de ſorte que iamais ils ne la commençoint
aux eſtrangers, que premierement auecques les
ceremonies accouſtumées ils n'euſſent ouuert
les portes de ce temple, qui feut pour la ſeconde fois fermé du temps d'Auguſte Cæſar.   Et
de laurier.)

Et de laurier.) Il designe l'un, & l'autre tēps:
pource que les uictorieux capitaines estoint cou
rōnez de laurier, & que les ambassadeurs de la
paix portoint rameaux d'Oliuier.   La foy che- 15
nue) pource, que plus uoluntiers elle se treuue és
hommes chenuz plus constans que les ieunes.

Du Chant triumphal.

. Le fort Iason.) Iason en la conqueste de la toi- 17
son d'or, ayant par les enchantemens de Medée
tué le fatal serpēt, il en sema les dentz, dont tout
soudain sortirent de terre hommes armez.   Hydre iadis.) C'estoit un serpent aquatique ayant
plusieurs testes. Hercules le deffist, & quăd il luy
abatoit une teste, il en reuenoit deux.   De la Ta-
mise.) C'est le fleuue, qui passe à Londres uile ca
pitale d'Angleterre.   Hercule ainsi.) Hercules 19
pour auoir dompté les monstres, & Tyrans, c'est
à dire les uices, feut mis au rang des Dieux, cōme
ont estimé les anciens, qui de ce nom appelloint
uoluntiers les hommes uertueux.   Et des Iumeaux.) Castor, & Pollux enfans de Iupiter, &
de Leda: Ils font le signe de Gemini, & quăd ilz
apparoissent ensemble, c'est un certain presaige
de beautemps aux mariniers.   Nostre Nestor.)

C'eſtoit le plus ancien, & experimenté chef de
guerre, qui feuſt en l'armée des Grecz contre les
Troyens. La parole luy couloit de la bouche plus
doulce, que miel: brief il eſtoit tel, qu'Agamemnõ
Prince de Grece ſouhaitoit d'auoir non x. Aiax,
bien qu'apres Achille Aiax feuſt le plus fort des
Grecz, mais x. Neſtors, ne doutãt point que par
20 leur moyẽ Troye ne feuſt biẽ toſt priſe. Du noir
Pluton.) C'eſtoit le troyzieme filz de Saturne. Il
eut pour ſon partaige la region des Enfers. Les
Gaulloys anciennemẽt ſe diſoint eſtre uenuz de
luy, & l'appelloint Dis, ou l'Autheur (peut eſtre)
faict alluſion le diſant eſtre maintenant fauorable aux Françoys.   Les filles d'Acheron) Les
troys Furies filles du fleuue infernal Acheron, et
de la nuict. On leur attribue des flambeaux, &
des fouetz, dõt elles tormentẽt les umbres dam-
nées. En lieu de cheueux, elles ont des ſerpens.
tout cela ne ſignifie autre choſe, que les remords
des conſciences coulpables.   Mars les anime)
C'eſt le Dieu des batailles, que Iuno femme de
Iupiter, ſelon l'opinion d'aulcuns, cõceut du ſeul
21 attouchement, & odeur des fleurs.   Io Paris.)
22 Voy au Proſpho. en ces motz, l'Io triumphal.
    Les uers ſucrez) Les uers lyriques plus doulx,
que les autres, pour eſtre de meſeure plus gaillar-
de, &

de, & legiere. On les chantoit anciennement
ſur la lyre, maintenant ſur le luc, ſur tous in-
ſtrumentz eſtimé aux cours des Princes, &
grands ſeigneurs.   Et le Thebain) Pindare an-   22
cien poëte lyrique natif de Thebes, que pour ſa
mageſté, & grandeur de ſtyle on a dict eſtre
inimitable.   De marbre noir) ſoubz l'alego-
rie d'un temple de marbre il promet de faire un
oeuure à la louange du Roy treſchreſtien : lequel œuure ſera immortel , & comme le marbre durable contre les iniures du temps. Il baſtiſt
ce temple de marbre blanc, & noir, deſignant
les couleurs du Roy : pourquoy en forme de croiſſant, uoy au Proſpho . uers la fin en ces motz,
Le beau Croiſſant. Il encourtine l'autel de laurier , & d'hyere , pource que les poëtes s'en
couronnent.   Il dict, ou Loyre plus profunde)
pource qu'entre Angers, & Nantes (qui eſt le
paiz de l'autheur) Loyre approchant de la mer
ſe faict touſiours plus profunde.   L'humide   23
lict) l'Ocean britannique, ou les poëtes feignent
que le ſoleil ſe ua baigner, à l'heure qu'il decli-
ne de noſtre Orizon.   Le prebſtre ie ſeray)
Ceux, qui anciennement celebroint les louanges des Dieux, & des grãds Princes, eſtoint nõmez Prebſtres, cõme Muſée, Orphée, Pindare, &

autres, pource, qu'ils eſtoint ſacrez à Phebus,
& aux Muſes.

Des uers lyriques.

De l'Ode I.

24 Qu'Herme tourne.) Herme eſt un fleuue de Ly
25 die, qui a le ſable doré.   ſur la riue obliuieuſe)
C'eſt le fleuue nõmé Lethés, ou les ames, qui ſelon l'opinion de Pythagore anciẽ philoſophe, de-
uoint réanimer les nouueaux corps, beuuoint
l'oubly de toutes les choſes, qu'autrefois ilz a-
uoint ueu au monde. Par les corbeaux il entent
les mauuais poëtes: par les cygnes les bons, pour
ce que le cygne eſt dedié à Phebus le Dieu des
Poëtes. Si tu ueulx entendre ceſte allegorie, uoy
l'Arioſte en ce chãt, ou Aſtolphe ua querir le ſens
26 de Roland en la ſphere de la lune.   Celle ou ferrare.) Madame la Ducheſſe d'Aumale bien digne
pour ſon ſcauoir d'eſtre miſe au ranc des ix. Muſes.   Celle Tramontane.) C'eſt l'ourſe maieur,
qui eſt au pres du pol arctique, les aſtrologiẽs, &
mariniers la congnoiſſent.   De montrer quaſi
la nuiĉt) C'eſt la mort, pource qués regions baſ-
ſes les umbres ſelon les fictions poëtiques ſont
27 condamnées à perpetuelles tenebres.   Lucrece)
l'hiſtoire

l'histoire de Lucrece est congneue. Valere l'appel le le chef de la chasteté Romaine. Et ta Penélope) Ce feut la femme du saige Vlysses immortelle par la renõmée de sa chasteté:elle endura beaucoup d'oultraiges de ses pour suyuans, attendant le retour de son mari, qui feut bien XX. ans ab∙ sent d'elle. Toy Pont.) Il parle d'Hipsicratée femme de Mithridates Roy de Pont:elle porta si gran de affection à son mari,qu'elle se feist tondre, & prist l'accoustrement d'un souldard pour suyure son dict mari à la guerre. Et toy Carie) Arte∙ mise femme de Mausole Roy de Carie,fist bastir le fameux sepulchre, qu'on appelle le Mauséole, pour rendre eternelle la memoire de son mary.

Qu'Arne) Cest le fleuue, qui passe à Florence 28 ennoblie par le tresillustre nom de Medicis.

De l'Ode II.

Des Graces.)Les Graces,ou selõ le grec les Cha∙28 rites,sont les trois pucelles, qui suyuent la Déesse d'Amour.La I.s'appelle Aglaïe,qui se peult interpreter maiesté.La II.Euphrosine,c'est autant cõme liesse,et ioyeuseté.La III.Thalie, on la peult entendre pour une certaine gaillardisse, soit en gestes, ou en paroles.Quelques uns y adioustent

Pitho, qui eſt la Déeſſe de perſuaſion: les aultres
Paſithée, c’eſt cõme ſi on diſoit toute diuine, &
qui comprent en ſoy la maieſté, la ioyeuſeté, gail-
lardiſe, & faconde de toutes les autres.

De l’Ode I I I.

30   Qũad le Dieu, qui regne en la lyre) C’eſt Apollon premier inuenteur de la Muſique. Les poëtes
luy baillẽt une harpe dorée, dont il ioue à la table des Dieux. En Thrace adoré) Mars le Dieu
des batailles, qui ſelõ aucuns fut nouri en Thrace nommée des poëtes la terre martiale, & fu-
rieuſe. De Marignan) C’eſt le lieu, ou le feu Roy
gaigna la bataille contre les ſuyſſes. Carignã eſt
renommé par la uictoire de feu Monſeigneur
d’Anguien. La Parque) Les trois deſtinées ſont
appellées Parques par antiphraſe, pource qu’elles
ne pardõnẽt à perſonne: on leur attribue une cru-
che, ou urne, ou ſont encloz tous les noms, & le
31 ſort fatal des hõmes. Que le Grec, ou Romain)
Qu’Homere, & Virgile princes des poëtes heroïques. Des Indes) Bacchus fut le premier, qui
dompta les Indes, & y ordonna ſes loix, & ſa-
crifices. Et l’Archer) Cupido le Dieu d’amour aſſez congnu. Si Homere, & Virgile) Il oppoſe
deux

deux lyriques à deux heroïques, l'un grec, et l'au
tre latin. Le plus fort des Grecz) Achille filz de
Peleus, & de Thetis la ieune, l'une des Nymphes
marines. d'Aiax) Il feut filz de Thelamon Roy
de Salamine, & d'Hesione seur de Priam: il estoit
cousin germain d'Achille, & apres luy le plus
fort de tous les grecz. Ou celuy) Dyomede Roy
d'Etholie en la guerre troyenne blessa le Dieu
Mars, qui fauorisoit les Troyens, & Venus, qui
s'opposa à luy, quand il combatoit contre Enée,
filz d'Anchises, et de ladite Déesse. Au Nectar) 32
C'est le bruuaige des Dieux. D'une Charite)
voy en l'Ode II. au commencement.

De l'Ode IIII.

Croyãt en des aisles)Icarus filz de Dedalus cet 33
excellent Architecte suyuant son pere, qui auecques des aisles iointes de cire s'enuoloit de Crete
fuyant la fureur du roy Minos: haussa les sien-
nes si hault, que la chaleur du soleil les feist fon-
dre, & tumba le miserable dans la mer, qui de
son nom fut depuis appellée Icarienne. Qui
tant sceut Achille) C'est Homere, qui en son
Iliade auec un merueilleux style exalte la uertu d'Achilles. Le cygne Thebain) Pindare prin
ce des lyriques Grecz. La buccine torte) Vir- 34

gile Homere des Latins, qui a chanté les batailles d'Enée.   De ce Calabroys) Horace le premier des lyriques Latins.   Le nom d'Ahille) vn
Dyomede) voy en l'Ode precedente.   vn Therfi-
te) c'eſtoit le plus laid, & mal adroict de tous
lesgrecz au ſiege de Troye, et le plus querelleux.
    O Boccace) c'eſtoit un Florentin, qui a fort biẽ
eſcrit en ſa langue en proſe, & en uers.   De tes
lauriers.)Petrarque en ce, qu'il a eſcrit de ſa dame Laure à ſurmõté tous ceux, qui onques écri-
uirent des paſſions d'Amour.   Dante, & Bẽbe.)
Le premier eſt l'un des plus anciens poëtes Flo-
rentins:le ſecond eſt ce docte Cardinal P. Bembe
tant eſtimé entre les modernes Italiens.   Du pa-
ſteur Nẽapolitain.) Iacq.Sannazar natif de Naples moderne auſſi. c'eſt luy qui a faict la non
moins docte, que plaiſante Arcadie, & qui a
cõme dict l'Arioſte, faict deſcẽdre les Muſes des
Montaignes pour habiter les arenes:pource, qu'il
a ecrit des Eclogues marines.   Le Lot, le Loyr)
Ce ſont les fleuues des plus renõmez poëtes Fran
çois de noſtre temps.Ilz ſont aſſez congnuz par
leurs oeuures, ſans que ie les nomme.   Que ta
lyre) L'autheur entend de luy meſmes.   Qui
rendoit les enfers.)Orphée filz d'Apollon, & de
la Muſe Caliope deſcendit aux enfers,pour en ti-
rer ſa

rer ſa femme Euridice, ou il ioua ſi biẽ de ſa lyre,
qu'il endormit Pluton, & les umbres. On fein&t
de luy que par ſes doulces chãſons il adouciſſoit
les tygres, & les lyons, & cõtraignoit les pierres, & foreſts de le ſuyure, c'eſt à dire que par
ſon eloquence il aſſembla en communité de uie
les hommes au parauãt brutaulx, & ſylueſtres.

<h3>De l'Ode V.</h3>

Celuy, qui iadis) Hercules fut filz de Iupiter, 35
& d'Alcmene femme d'Amphitriõ Roy de The-
bes:eſtant encores fort ieune, la uertu, & la uo-
lupte s'apparurent à luy en un lieu fort deſert.
La premiere eſtoit fort mal en ordre, & toute
deſcirée, mais toutesfois belle de uiſaige. L'autre
eſtoit oultre ſes blandices, & attrayans regars,
parée de ſumptueux accouſtrements : luy eſtant
offert le chois de ſuyure l'une, ou l'autre, il eſleut
la uertu.   De la fameuſe Sereine) Les Chalci- 37
diens cherchant nouuelles habitations, trouuerẽt
la ſepulture de l'une des trois Sereines nommée
Parthenopé en celle region d'Italie, ou eſt maintenant la cité de Naples, qu'ils edifierent lors. Elle eſt par les poëtes ſouuent nommée Parthenopé du nom de la Sereine , ſur le ſepulchre de la-
quelle en furent ietez les premiers fondementz.
Ceulx de Lordine ont eſté Roys de Sicile, de Na-

37 ples, & de Iherusalem.   Le mont) C'est la mõtaigne d'Aetna , tousiours ardente à cause de ses
ueines de soulphre. Les poëtes feignent que là est
la forge du dieu Vulcã. les autres disent qu'Ence-
lade l'un des gëans, qui uoulurẽt eschesler le ciel,
est foudroyé la dessoubz, & que de son estõmac
sortent les flammes, dont celle montaigne souloit luyre nuiEt, & iour: on l'appelle maintenãt
Montgibel.

De l'Ode   VI.

Le luc melodieux) Les poëtes lyriques celebroint iadis les louanges des Dieux, & des hom
mes uertueux, que les anciens souloint appeller
38 Heöes, & enfans des dieux.   D'un seul Rolãd)
uoy l'Ariofte en son Orlãdo furioso.   Le grand
39 Atlas) Les poëtes ont feint, qu'Hercules iadis pour
soulaiger Atlas, soustenoit le faiz du ciel à son
tour. d'Atlas uoy au Prospho. uers la fin en ces
motz, un lieu se treuue.   O d'Egée le filz) The-
seus filz d'Egée, & d'Aethra , secourut Hercule
cõbattant le serpent Hydra, il ietoit les testes cou
pées dedans le feu, & par ce moyẽ les gardoit de
repulluler. d'Hydra uoy au cõmencemẽt du chãt
40 triumphal en ces motz, Hydre iadis.   Ayant Typhis) C'estoit le patron du nauire de Iason au
uoyaige des Argonautes. La riche toyson) C'estoit
la toyson

la toyſon du mouton, qui emporta par mer Hellé, & Phryxus . Hellé ſe noya en la mer dicte
Helleſponte, & Phryxus arriué en l'iſle de Col-
chos ſacrifia le mouton aux dieux, qui eſt le premier ſigne du Zodiaque, & la toyſon demeura
pendue au temple . C'eſt ce qu'on dict uulgai-
rement la toyſon d'or.   Les fors Iumeaux) Voy 40
au chãt triũphal en ces motz, et des Iumeaux.

De l'Ode   V I I.

*Ce grand Roy) Voy au chant triumphal en ceˢ 43
motz, noſtre Neſtor.   Le ſaige Grec.) Vlyſſes le
plus prudent, & ruzé de tous les Grecz, & le
plus eloquent. Il feut X. ans au ſiege de Troye, &
bien autãt errant par le monde auãt qu'il peult
retourner en ſon pais d'Itaque uers ſa femme Penelope. De Penelope uoy en l'Ode 1. uers la fin, en
ces motz, & ta Penelope.   Epaule chenue) Les 44
mõtaignes couuertes de neige en hyuer.   Io ma
lyre) Voy au Proſph. en ces motz, l'Io triumphal.
    D'hyerre à la racine uelue) Les anciens ſou-
loint orner les autelz de fueilles, et rameaux ſelon les dieux, aux quelz ilz eſtoint dediéz, cõme
à Phebus le laurier, à Mercure l'oliuier, à Bacchus
l'hyerre, ou le pampre, à Venus le myrte, &
ainſi des aultres. La uerueine auſſi eſtoit eſtimée

fort heureuse en tous les sacrifices: & les motes
de terre arrachées auecques leurs herbes.   Celuy Macrin) salmon Macrin poëte lyrique moderne natif de Loudun a dedié son liure à feu
monseigneur de Langé, & à mõseigneur le cardinal du Bellay.   Le Lesbien ses uers) c'estoit
Alcée poëte lyrique, natif de Lesbos. Il mena la
guerre contre les tyrãs, & par ses uers en cõtrai-
gnit quelques uns d'abandõner leur païs.   Qui
ueit à son bord quelquefois) Le Tybre fleuue de
Rõme, qui a eu quelquefois la monarchie de tout
le monde.   La Parque) voy en l'Ode III. en ces
mots, la Parque.   De Charõ)c'est le uieil nautõ-
nier, qui sur le fleuue d'Acheron passe les ames
d'une riue à l'autre.   Le froid caucase)c'est une
montaigne de scythie fort haulte, & inhabita-
ble à cause des perpetuelles neiges, dont elle est
couuerte. Les poëtes feignẽt, que Promethée premier autheur de l'idolatrie, apres auoir desrobé
le feu du ciel, feut par le iugement de Iupiter attaché au sommet de celle montaigne, ou un aigle
perpetuellement luy ronge le poulmon autãt re-
naissant la nuict, cõme ledict oyzeau en deuore
le iour.   Des Syrtes barbares)ce font certains
lieux en Getulie pleins de sable, & fort chaulx,
pource qu'ils sont soubs la Zone torride.

De l'Ode

L'Afrique possede.) l'Afrique tierce partie du
monde est abundante en mines d'or, & d'argent, & en toutes choses precieuses, & aroma-
tiques. Le commun prouerbe dict que l'Afrique
apporte tousiours quelque chose de nouueau.

De Dyamant.) Par la durté du dyamant il designe combien est forte, & indomptable la necessité.   Le Scythe) C'est une nation soubs le se-
ptentrion. Les pasteurs Scythiques, qu'on appelle
Nomades usent de tentes en lieu de maisons, &
les meinent sur des charrettes ou bon leur semble.   Et les Gettes) C'est une gẽt de Thrace endur-
cie au froid, & au labeur. Leurs champs sont cõ-
muns entre eux, & celuy qui l'année precedente aura labouré, se reposera l'année suyuante, pẽ-
dant que son uoysin le releue de cete peine.   Et
la forte liqueur) Le uin, qui chasse la melancho-
lie.   La faim sacrée) C'est à dire execrable, pource qu'anciennement ceux de Marseille toutes les
fois que la peste se mettoit en leur uile, quelqu'un
des pauures se presentoit pour estre nouri toute
l'annee des uiandes publiques, & plus delicates,
appres il estoit orné de uerueine, & de robes sa-
crées, & mené ainsi par toute la uile auecques
execratiõs d'un chascũ, affin que tous les maulx

45

46

de la cité tumbaſſent ſur ſa teſte, & cela faiĉt il
eſtoit precipité. Ilz nommoint cet homme la ſa-
46 cré, c'eſt à dire meſchant, & execrable.   De
l'Arĉture)l'Arĉture eſt une étoile, que les Aſtro
logiẽs appellẽt la queue de l'ourſe: elle eſt derrie-
re le ſeptentriõ:à ſon leuer elle excite les pluyes,
& tempeſtes, & à ſon coucher encore plus: elle
naiſt enuiron la ſaiſon d'Autone.   Du Boug)Vn
ſigne eſt ſur les cornes du taureau, qu'on nõme le
chartier, qui en ſa main tiẽt deux eſtoiles, qu'on
appelle Bougz, dont le leuer ameine la pluye, &
l'oraige: elles ſe monſtrent au mois d'Oĉtobre à
47 la naiſſance du Scorpion.   Le doulx Neĉtar, &
l'Ambroſie)par le neĉtar qui eſt le bruuaige, &
l'ambroſie, qui eſt la uiande des dieux, il entent
les uins delicieux, & les uiandes delicates.   Des
Indes)par les Indes qui eſt une region d'Aſie la
plus prochaine du ſoleil leuãt, il entent l'Orient.
    De la terre more)C'eſt le midy, ou eſt la mauri-
48 taine Ethiopie.   L'aſtre annuel)Le ſoleil qui faiĉt
le cours de l'année.   D'erynnis) Les furies en
grec s'appellent Erynnies. Des furies uoy au chãt
triumphal en ces motz, les filles d'Acherõ.   Que
Mars)c'eſt le dieu des batailles.

De l'Ode IX.

49 La uieille au uiſaige bleſme)C'eſt l'enuie, qui ſe
tormentant du bien d'aultruy, ſe dõne torment à

foymefmes. De la canicule)Il y a deux eftoiles, 50
qui s'appellent du nõ de chien, l'un grand, l'autre
petit.Il parle du petit, qui fe montre enuiron le
moys d'Aouft au tropique du cãcre, ou regnẽt les
pluschaulx, et dangereux iours de l'année, qu'on
appelle iours caniculaires. Il donne oreilles. &
les cauernes) Les faifant refonner par cefte uoix
qu'on appelle Echo, tout ainfi que s'ilz entẽdoint
ce, qu'on chante. A eux mefmes furuiuans) Par
bonne renommée. Ta petite Sarte) Pource que
Bouiu eft né pres de Sarte, c'eft une petite riuiere,
qui tumbe en Loyre enuiron une demy lieue au
deffus d'Angers. Au mefme Pau) C'eft un grãd
fleuue, qui paffe par la Lombardie: il s'appelle en
latin Erydanus, & en quelque endroiĉt eft nõme le Roy des fleuues. Commãder à ces foreftz,
en leur apprenant) Poẽtiquement, pour les faire
refonner. O l'ornemẽt) La lyre eft dedié à Phebus, qui felõ les poëtes en ioue deuant les dieux à
la table de Iupiter. Race du pere des dieux)Les
ix. Mufes font filles de Iupiter, & de la déeffe
Memoire. Les Satyres) Les dieux des foreftz,
demy bougs et demy hõmes, pleins de lafciuité.

De l'Ode. X.

D'ung mur d'airain)Horace appelle la confciẽ-
ce nõ coupable un mur d'airain. Soit que le pe-

re) Iupiter le pere des dieux & des hõmes,à qui
52 les poëtes attribuët la foudre. Les piedz aislez)
Legers,ayãs des aifles. Les furieux ferpẽs) Que
les furies ont en lieu de cheueux, dont elles em-
poyfõnnẽt les cœurs des hõmes coupables. Auec
l'oyzeau) C'eft un aigle, ou uaultour, qui ronge
les entrailles du grand Tytie l'un des Geans, qui
uoulurent écheller le ciel.Iupiter auecques fa fou
dre le precipita aux enfers,ou fon corps eftendu
de tout fon long couure bien ix. arpens, comme
dict Virgile. Et toy aufſi) Voy en l'Ode VII.en
ces motz,le froid Caucafe. Ce feut au tẽps)Voy
53 au Profph.en ces motz, la belle uierge. Cet audacieux feuure) l'Ingenieux architecte Dedalus,qui baftit le merueilleux edifice du Labyrin-
te.Voy de luy en l'Ode IIII. en ces motz,croyant
en des aifles. Mais bien l'Enfer)Il entẽd d'Hercules,qui alla aux enfers, dõt il emmena Cerbe-
rus le chiẽ à trois teftes portier d'enfer:& d'Orphée, qui par le doulx fon de fa harpe adoulcit
Pluton,& les furies,quãd il impetra le retour de
s'amye Eurydice. Celuy uraymét)l'Ariofte par
une licence poétique attribue l'inuention du canon à un tyrant Roy de frize nõmé Cymofque,
que Roland tua, & geta fon canon en la mer,
d'ou le retira depuis un Alemant par reuela-
tion

tion diabolique. Et Salmonée) Cetuy ſe faiſoit
mener en triumphe par les uiles de Grece, & fei
gnoit le tōnerre de Iupiter auecques un pont d'ai
rain, & des cheuaulx, qu'il faiſoit courir deſſus.
En ſa main il tenoit une lampe ardente, dont il
gettoit le feu ſur ceulx que bon luy ſembloit, &
incontinent les faiſoit tuer. Iupiter luy fiſt ſentir
par ſa fouldre, que c'eſt de uouloir uſurper l'hon
neur des dieux. Orion quelquefois) Il eſtoit cō-
paignon de la uierge Diane à la chaſſe, mais s'ef-
forçant de uioler la chaſteté d'elle, il feut tué par
les ſaiettes de ladiète Déeſſe. Trois cens liens)
Pirithoys, ou Pirithöus en latin, alla aux enfers
auecques Theſée pour en rauir Proſerpine fĕme
de Pluton, mais il y demeura, & ſelon Horace y
eſt enchainé de trois cens liens. Ixion) Il oſa
prier d'amour Iuno femme de Iupiter, Déeſſe de
l'air, que pour cete raiſon les poëtes feignĕt auoir
ſuppoſé une nue à ſa figure, & ſemblance, ou le-
diét Ixion penſant iouir de ſes amours engĕdra
les Centaures demy hōmes, & demy cheuaux,
qui furĕt deffaicts par les Lapythes. L'eſcadrō
furieux) Les Geans. uoy au Propho. en ces mots,
nouueaux enfans.

De l'ode XII.

De celuy les dangers) d'Vlyſſes. Voy en l'ode 55

55 V I I. *en ces mots, le saige Grec.* Fatale Troye)
Dont la ruine dependoit de trois destinées de la
mort du ieune Troilus filz de Priã: de la perte du
Palladion, qui estoit l'imaige de Palas, & de celle
du sepulchre de Laomedon. L'ãgloyse tragedie)
Tragedie est un poëme, ou sont introduictz demy dieux, Roys, & autres grãds personnaiges.
Le cõmencemẽt en est uolũtiers plaisant, mais la
fin en est triste, & malheureuse. Au port d'I-
taque) C'est une isle en la mer de Crete pres des
isles Cyclades. Vlysses anciẽnemẽt en estoit Roy.
saige Telemaque) Il estoit filz d'Vlysses, & de
Penelope, & chercha son pere longuement. Le
grãd uainqueur) Alexãdre le grand quelquefois
estant au port de Sigée pres de Troye, ou estoit le
sepulchre d'Achilles, s'ecria, ô bien heureux ado
lescent, qui as trouué une telle buccine de tes lou
anges, parlant du diuin poëte Homere, qui a chã
té en son Iliade la guerre de Troye, & les uertus
56 d'Achilles. Troyen pitoyable) Enée chanté par
Virgile. Docte Gyrõde) Le fleuue de Garõne, un
peu au dessus de Bordeaux perd son nom, &
s'appelle Gyronde. Il l'appelle docte à cause d'Au
sonne excellent poëte, qui feut né à Bordeaux,
57 & de Carles, qui en est aussi natif. Qui la mer
saccaige) C'est ce feu artificiel, qui brusle en
l'edu

l'eau. Il eſt uſité aux guerres nauales. Tes ieux)
Pource que les matieres ioyeuſes , & legeres cõ-
uiennent mieux aux uers lyriques, que les ſerieu
ſes, & graues.

De l'Ode XIII.

Les Thraces)Orphée ancien poëte filz d'Apol
lon, & de la Muſe Caliope, eſtoit né de Thrace.
La Grece)VII. groſſes uiles de Grece anciennement debatoint pour la naiſſance d'Homere.

Thebes encor')Pindare prince des poëtes lyriques eſtoit natif de Thebes. Il a fait un liure de
uers lyriques nommé les Olympies, ou il chante
les louãges de ceux,qui auoint uaincu en Olym-
pe.C'eſtoit une place au pié du mont Olympe,ou
tous les ans ſe faiſoint certains combats,& ex-
ercices,ou les mieulx faiſans gaignoint un pris.
les anciens Grecz cõtoint leurs ans par ces ieux
la, qu'ils nommoint Olympiades , comme auſſi
les Romains par leurs conſuls, & nous par l'in-
carnation du filz de Dieu.   De ſeine) Pource
qu'Heroet eſt natif de Paris.   Les fronts ſtoi-
ques)C'eſtoit une ſecte de philoſophes anciẽne-
ment fort ſeueres, & graues en leurs traditions.
Zenon en eſtoit le chef.   l'Academie) c'eſtoit
l'eſcole inſtituée par Platon nommé le dieu des
philoſophes.ceulx de ſa ſecte eſtoint nõmez Aca

demiques. Il a parlé fort diuinemēt de l'amour.

58 Du double mŏt) De Parnaze, seiour des muses, pource qu'Heroet, qui a suyui Platon, à traicte en vers son liure de la perfection d'amour. A Pythagore) Voy en l'ode I. en ces mots, riue obliuieuse.

59 A qui iadis) Les mousches à miel feurēt trouuées en la bouche de Platon encor' enfant, lors qu'il dormoit. Cela estoit un presaige de la grande eloquence, qui deuoit estre en luy. Tu as rŏpu) Les poëtes attribuent un arc, & des flesches à Cupido dieu d'amour, qu'Heroet à traicte selŏ la uerite de philosophie, & non selon les fictiŏs poëtiques. Le couplet suyuăt s'entend par cetuy ci. Non du uictorieux) Pource que les poëtes uoluntiers menteurs s'en couronnent. Mais du pacifique) Pour ce que l'oliuier anciennement signe de paix est dedié à Pallas déesse de sapience. Dessoubs qui) C'est une allusion à Monseigneur le Chăcelier à qui Heroët touche de cŏsaguinité.

De l'ode XIIII.

59 Neueu d'Atlas) Mercure estoit filz de Iupiter, & de Maia fille du geant Atlas. Au uieil Thebain) Amphion excellent harpeur selon les fictiŏs poëtiques assembla par le son de sa lyre les
60 pierres, dont feut fondée la cite de Thebes. Coquille

quille dorée)Mercure encor enfant trouuant la coquille d'une tortue, y adapta des chordes, & en fist la lyre, dont il fut le premier inuenteur.

Tu peux mener)Il parle d'Orphée, & de sa ly- 60 re. Le portier aboyãt)Cerberus le chien à trois testes, portier d'enfer. Le grand Tytie)Voy en 61 l'ode x.en ces mots, Auec l'oyzeau.d'Ixion,uoy en celle mesme. Il est attaché à une rouë pleine de serpens, qui tourne sans cesse. Auec la pier re)Sysiphe pour auoir découuert aux hommes les secrez des dieux, est condamné aux enfers à porter sur le hault d'une montaigne une grosse pierre, qui roule tousiours en bas, & iamais ne se peult arrester. Le bussart)Les filles de Danaus le premier iour de leurs noces tuerent leurs ma- riz par le commandement de leur pere, excepté la plus ieune nõmée Hypermestre, qui sauua son mary nommé Linus. Pour ceste raison elle feut par son pere mise en estroicte prison, d'ou sõ ma ri la tira depuis, & fist mourir le cruel Danaus.

De l'Ode xv.

Iadis en Grece)De Grece anciennement floris- 63 sante en armes, uindrent aux Romains les scien ces, & bonnes lettres, que le feu roy FRAN- COYS a ramenées en France. Du double cou-

peau)De Parnaze, qui a deux sommets selon les
poëtes,mais à la uerité ce sont deux montaignes
separées. l'une est Cytherõ dediée à Bacchus,l'au
tre Helicon dediée à Phebus.   A leur mere)A la
memoire.   Du Lot,du Loir) Voy en l'ode IIII.
en ces mots, le Lot,le Loir.   Comme l'oyzeau)
C'est l'aigle, qui ne craint point la fouldre, pour
ce est elle appellée coustilliere, & ministre de Iu
piter,dont par son uol elle monstre les signes,&
prodiges.   Du blond Troyen)Iupiter selon les fictions poëtiques fist rauir par ses aigles le beau
Ganymedes ieune pasteur Troyen, qui luy sert
d'echanson,& feut nomme Aquarius, l'un de
XII signes du zodiaque.

De l'Ode XVII.

Braue Amazone) C'estoit Panthesilée Royne
des Amazones, ainsi nõmées pource qu'elle s'o-
stoint une mãmelle,afin d'estre plus dextres a la
guerre.Elle uint au secours des Troyens cõtre les
Grecz,excitée par la renommee d'Hector. l'As
syrienne,& Camille)La premiere estoit celle tãt
fameuse Royne des Assyriens semyramis,qui son
dã la grand cité de Memphis , & apres la mort
de son mari Ninus , gouuerna lõg temps le roy-
aume

aume soubs la semblance de son filz. La seconde
estoit celle vierge chasseresse chantée par le poëte
Virgile. Elle vint au secours de Turnus contre les
Troyens, ou elle fist de merueilleuses armes. De
Marphize, & Bradamant) Voy l'Arioste en son
furieux. De sa Corinne) C'estoit une dame de ss
Thebes fort scauante. La fille Lesbienne) Sapho, qui estoit de l'isle de Lesbos. Elle inuenta le
uers nommé saphique, & composa beaucoup de
uers lyriques tant estimez des anciens, qu'on
l'osoit bien comparer à Pindare. Beaucoup d'autres scauantes Dames feurent anciennement ap
pellées Sapho. Celle, qui fist) Hortensie mere
des deux Gracches excellēts orateurs Romains:
elle augmenta grandement leur eloquence par
son scauoir. L'une, & l'autre Palas) Pallas est
nommee deésse des armes & des sciences.

F I N.

Dialogue d'un amoureux,
& d'Echo.

P iteuſe Echo, qui erres en ces bois,
R epons au ſon de ma dolente uoix.
D' ou ay-ie peu ce grand mal conceuoir,
Q ui m'oſte ainſi de raiſon le deuoir?   (de uoir
Q ui eſt l'autheur de ces maulx auenuz?   (venus.
C omment en ſont tous mes ſens deuenuz? (nuds.
Q u'eſtois-ie auant quentrer en ce paſſaige? (ſaige.
E t maintenãt que ſens-ie en mon couraige? (raige.
Q u'eſt-ce qu'aimer, & s'en plaindre ſouuët? (uët.
Q ue ſuis ie dõq', lors que mõ cœur en fend? (enfãt.
Q ui eſt la fin de priſon ſi obſcure?   (cure.
D y moy, quelle eſt celle pour qui i'endure? (dure.
S ent-elle bien la douleur, qui me poingt?   (point.
O que cela me uient bien mal à point.
M e fault il donq' (ô debile entrepriſe)
L aſcher ma proye, auant que l'auoir priſe !
S i uault-il mieulx auoir cœur moins haultain,
Q u'ainſi languir ſoubs eſpoir incertain.

F I N.

IL eſt permis par lettres du Roy da-
tées du cinquieſme Nouembre, cinq
cẽs quarãte neuf, ſignées Soret, à Ia-
quette Turpin, de faire imprimer, et
mettre en uẽte un petit liure en rime Françoiſe,
intitulé Recueil de Poëſie, preſenté à treſilluſtre
Princeſſe madame Marguerite ſeur unique du
Roy, mis en lumiere par cõmandement de madi-
Ete dame. Et defenſes à tous libraires & impri-
meurs de non imprimer, ou faire imprimer &
mettre en uente lediEt liure iuſques à trois ans
prochains, ſur peine deconfiſcation deſdiEts li-
ures, & d'amende arbitraire.

3	de bons	des bons.
36	cognoiſt	congnoiſt.
41	L'ſprit	L'eſprit.
42	cogneut	congneut.
45	qui l'Afrique	que l'Afrique.
	le Scyte	le Scythe.
46	les Gettes	les Getes.
60	e toy encor'	et toy encor'
	de cheuaux	des cheuaux.
69	proëſmes	poëmes.
71	le precipita	les precipita.
82	Heöes	Heröes.
54	e ta uertu	et ta uertu.
87	d'Aouſt	de Iuillet.

9 782019 709518